LORELAI SELTCOR

PROJEKT OMIKRON

novum ◢ pro

Dieses Buch ist auch als
e-book
erhältlich.

Bibliografische Information
der Deutschen Nationalbibliothek:

Die Deutsche Nationalbibliothek
verzeichnet diese Publikation in
der Deutschen Nationalbibliografie.
Detaillierte bibliografische Daten
sind im Internet über
http://www.d-nb.de abrufbar.

Gedruckt in der Europäischen Union
auf umweltfreundlichem, chlor- und
säurefrei gebleichtem Papier.

© 2024 novum Verlag

ISBN 978-3-7116-0014-1
Lektorat: Mag. Elisabeth Biricz
Umschlagabbildung: Lorelai SeltCor
Umschlaggestaltung, Layout & Satz:
novum Verlag

www.novumverlag.com

Druckprodukt mit finanziellem
Klimabeitrag
ClimatePartner.com/16547-2311-1001

Prolog

Ich ging zu Bett und schlief ein.

„Hi, Ally!" Ein Arm legte sich von hinten um meine Taille.

„Luc? Du bist früh dran!"

„Ja, ich weiß." Ich neigte meinen Kopf etwas nach links. Der leichte Schmerz, den ich bereits gewöhnt war, breitete sich über meinen Nacken hinweg aus.

„Wie geht es dir?", wollte Luc wissen.

„Gut!", antwortete ich.

„Lüg mich nicht an!", erwiderte er, „Seit wir uns kennen, war das noch nie so. Was ist passiert?"

„Ach! Nur der normale Wahnsinn. Du weißt schon", meinte ich.

„Wenn du meinst."

„Luc? Ist alles Okay? Du wirkst etwas angespannt."

„Natürlich! Was sollte nicht in Ordnung sein?"

„Keine Ahnung. Immerhin weiß ich nicht viel über dein Privatleben. Aber du wirkst, als würde dich etwas belasten."

„Mir geht's gut."

„Wenn du das sagst."

Über ein paar Minuten zog sich das Schweigen. Dann spürte ich wieder den Schmerz. *Okay, hier stimmte etwas eindeutig nicht! Es gab etwas, das er mir verschwieg! Und es war wichtig. Sonst würde er mir nicht so viel Blut nehmen.*

„Luc?"

„Hmm?"

„Was ist los?"

Der Schmerz nahm wieder ab.

„Ich habe dir doch gesagt, dass alles in Ordnung ist."

„Wenn du mir nicht sofort sagst, was dich so belastet, drehe ich mich um!"

„Nein! Nein ... Du hast gewonnen. Ich ... Ich sage es dir."

Das hatte schon immer gezogen. Aus irgendeinem unerfindlichen Grunde hatte er fürchterliche Angst davor, dass ich ihn zu

Gesicht bekam. Dabei brannte ich förmlich darauf, den Jungen, der mich fast jede Nacht in meinen Träumen besuchte, zu sehen.

Das erste Mal hatten wir uns getroffen, als er zufällig in meine Träume gestolpert war. Ich war damals sieben Jahren alt gewesen. Es war das erste und einzige Mal, an dem ich ihn hätte irgendwie sehen können. Aber damals war ich viel zu perplex gewesen. Ich meine: Ja, es war ein Traum, aber er hatte irgendwie nicht hineingepasst. Am Anfang war er ziemlich schroff gewesen, aber mit der Zeit wurde er lockerer.

Es war der Tag gewesen, an dem ich meine Eltern verloren hatte. Er stellte sich als überraschend verständnisvoll heraus. An jenem Tag hatte er begonnen, mich unregelmäßig zu besuchen, und wir wurden Freunde. Ich hatte ihm von meinem Leben erzählt und er mir von seinem. Er war die einzige Person, mit der ich mich wirklich unterhalten konnte, die einzige Person, der ich vertraute. Manchmal machten wir Ausflüge. Er zeigte mir die schönsten Orte. Er war ein richtiger Freund.

Die einzige Bedingung war, dass ich ihn nicht sehen durfte.

Nach einiger Zeit hatten wir uns immer öfter getroffen und nun fast täglich. Ich freute mich immer darauf, endlich schlafen gehen zu können. Er war das Licht meines Daseins. Derjenige, der mich davon abhielt, mein Leben komplett hinzuschmeißen.

Wir waren uns immer nähergekommen und ich hatte Gefühle für ihn entwickelt, die über einfache Freundschaft weit hinaus gingen. Ich gebe zu, ich hatte mich Hals über Kopf in Luc verliebt. Seine Gefühle für mich waren mir aber unklar. Ich wusste, dass er mich als Freundin sah, aber ich wusste nicht, ob er auch so fühlte wie ich. Ich wusste nicht, ob er in der ‚realen‘ Welt vielleicht eine Freundin hatte.

Ah ja! Und Luc ist übrigens ein Dämon oder ein Vampir oder so. Ich weiß nicht genau. Aber eines Nachts hatte er mich auf einmal gebissen und war ziemlich krass drauf gewesen. Im Nachhinein hatte er sich entschuldigt und erklärt, dass er schwach geworden wäre. Ich war ihm nicht böse gewesen. Ich bin immerhin selbst kein normaler Mensch mehr, ich hätte es nur gerne gewusst, bevor er mich überfallen hatte. Damals hatte er angefangen, mit meinem Einverständnis natürlich, ab und an mein Blut zu trinken. Es war zum jetzigen Zeitpunkt mittlerweile zur Gewohnheit geworden.

„Also", meinte Luc, „ich weiß nicht, wie ich es dir schonend beibringen soll."

„Sag es einfach!", drängte ich.

„Ich ... Wir ..."

„Ja?", fragte ich teilweise genervt, teilweise besorgt. Er war immer sehr selbstbewusst gewesen. Ihn stottern zu hören, war ungewohnt. Es musste wirklich sehr wichtig sein.

„Ich kann dich ab morgen nicht mehr besuchen und es könnte sein, dass wir uns nie wieder sehen!"

Ich versteifte mich augenblicklich. *Was hatte er gerade gesagt?*

„W-Wie meinst du das?", stotterte ich.

„Es-Es tut mir leid, Ally!"

Er hielt mich fester und zog mich noch dichter an sich. Ich lehnte mich leicht an ihn, stand aber immer noch unter Schock. Das konnte nicht sein. Wir kannten uns jetzt sieben Jahre lang und aus heiterem Himmel heraus musste er auf einmal gehen?

„Warum?", fragte ich etwas verzweifelt, nachdem ich mich etwas erholt hatte.

„Das kann ich dir nicht erklären."

„Warum nicht? Weil das, was damit zu tun hat, wer und was du bist? Wir kennen uns seit verdammten sieben Jahren und deinen Namen hab' ich nur über hundert Ecken herausbekommen. Wobei ich mir sicher bin, dass es nur eine Abkürzung ist. Ich habe mit dem Fragen aufgehört, weil ich nicht wollte, dass du dich unwohl fühlst, und jetzt sagst du mir, dass du mich einfach so verlässt und möglicherweise nie wieder zurückkommst? Und du willst mir nicht mal den Grund dafür nennen? Den Grund dafür, dass ich meinen besten Freund verliere?" Ich brach in Tränen aus.

Er hielt mich und seufzte.

„Es tut mir wirklich so leid!"

„Das weiß ich schon, aber das bringt mir jetzt auch nichts mehr!" Ich schluchzte und versuchte, seinen Griff etwas zu lockern. Dann blieb ich still.

„Warum willst du nicht, dass ich dich sehe?"

Luc seufzte abermals und lockerte die Umarmung so weit, dass ich mich wieder bewegen konnte. Ich dachte schon, dass ich wieder keine Antwort bekommen würde, als er plötzlich sagte: „Ich habe Angst davor, dass du dich dann vor mir fürchtest. Ich würde es nicht ertragen, wenn du Schrecken vor mir empfinden würdest."

„Was? Warum sollte ich das? Ich bin doch auch nicht vollkommen menschlich. Ich bin zum Teil Wolf."

„Vertrau mir! Du willst mich nicht sehen."

Bevor Luc auch nur reagieren konnte, löste ich mich von ihm und sah ihn an. Nach all den Jahren wagte ich es, meinen Freund zum ersten Mal anzusehen. Und im ersten Moment erschrak ich tatsächlich.

Vor mir stand kein Mensch, was ich bereits erwartet hatte, eher eine Kreatur. Sie hatte Hörner und Flügel, die an die von Fledermäusen erinnerten. Seine Augen waren von grellem Rot und leuchteten. Er sah wie der Teufel höchst persönlich aus.

Ich konnte ihn nur anstarren. Ich hatte mit vielem gerechnet, aber nicht damit.

Luc fing sich wieder und trat einen Schritt zurück. „Ich wusste, dass das passieren würde. Warum musst du auch so dickköpfig sein? Du warst der erste Mensch, bei dem es mir wichtig war. Aber jetzt ist es doch eh egal. Du hältst mich sicher für abstoßend und Furcht einflößend. So wie es sein soll. Aber das wollte ich nicht. Ich wünschte, ich wäre nicht so. Aber mir war klar, dass du mich, in dem Moment, in dem du mich siehst, nicht akzeptieren würdest und nicht mehr mit mir befreundet sein willst. Egal, wie du zuvor empfunden hast…"

Ich musterte ihn, während er sprach. Luc war eine interessante Erscheinung. Etwas gewöhnungsbedürftig, aber nicht vollkommen abstoßend.

Sein Erscheinungsbild schien zu flackern. Ich glaubte nicht, dass dies der wahre Luc war. Es wirkte eher wie eine Hülle, als würde das was ich sehe, nicht die Wahrheit sein.

Mit drei großen Schritten stand ich vor dem völlig überraschten Luc. Ich schlug meine Arme um seinen Hals, zog ihn zu mir heran und küsste ihn.

In den ersten Sekunden versteifte er sich. Danach entspannten sich allerdings seine Muskeln, als wäre eine riesige Last von seinen Schultern gefallen und er erwiderte den Kuss.

In mir fuhren die Gefühle Achterbahn. So fühlte es sich also an, zu lieben und diese Gefühle auch erwidert zu bekommen. Es war das Schönste, das ich in meinem bisherigen Leben erlebt hatte.

Mir war sein Aussehen vollkommen egal. Wie er auch aussah, er war immer noch die Person, in die ich mich verliebt hatte. Diese schönen Augenblicke mit ihm waren der Grund, warum ich weitermachte. Auch wenn mein Leben der Hölle glich.

Der Moment war viel zu schnell vorbei. Schon lösten sich unsere Lippen voneinander, wenn auch widerwillig.

Als ich diesmal die Augen öffnete, hatte sich Luc verändert. Es war nichts mehr von der Kreatur zu sehen, stattdessen stand jetzt ein Junge vor mir, mit weißem Haar und weinroten Augen.

Er zog mich noch einmal an sich und da sah ich sie.

Aus Lucs Rücken kamen zwei gewaltige, majestätische, rabenschwarze Schwingen, die sich über uns beide erhoben.

„Wow!", hauchte ich. Luc hielt mich etwas von sich und sah mich irritiert an, was ich nur im Augenwinkel wahrnahm. Die Flügel hielten meinen Blick gefangen. Ich musterte jedes Detail.

„Sie sind wunderschön."

„Warte... Du kannst meine Schwingen sehen?"

„Ja!", ich blickte ihm in die Augen und lächelte leicht.

„Du-Du kannst sie wirklich sehen?"

„Jaaa ..." Ich streckte eine Hand nach einer aus, stoppte aber abrupt mitten in der Handlung ab. „Darf ich?"

Luc nickte. Ich strich leicht über die seidigen Federn. Sie fühlten sich weich an. Nur ungern löste ich meine Hand von ihnen. Danach blickte ich wieder zu ihm auf.

Er starrte mich immer noch fassungslos und zerstreut an.

„Was ist?", wollte ich wissen.

„Du kannst mich sehen!" Ihn schien dies durcheinanderzubringen. „Du bist der erste Mensch, der MICH sehen kann."

Danach erholte er sich etwas von dem Schock und setzte sich auf einen niedrigen Felsen, der zufälligerweise genau hinter ihm lag (wobei im Traum vermutlich nichts dem Zufall überlassen ist).

Wir befanden uns in einer Lichtung im Wald an einer Klippe. Darunter erstreckte sich der Wald weiter und ein Fluss plätscherte seelenruhig dahin. Die Sonne verschwand gerade am Horizont. Es hatte etwas Malerisches und war, zugegebenermaßen, sehr romantisch.

Ich setzte mich neben Luc und lehnte mich leicht an ihn.

„Würdest du mir jetzt erzählen, wer und was du bist?"

Er lachte kurz auf. „Klar! Also mein vollständiger Name lautet Lucifer und ich bin das, was man unter einem gefallenen Engel versteht."

„Moment. Lucifer, wie aus den Sagen?"

„Jap! Dafür war ich die Vorlage."

„Ich habe aber noch nie gehört, dass du ein Vampir bist."

„Die Geschichten stimmen auch nur zu einem gewissen Grad. Aber für die Vampirgeschichten waren ebenfalls gefallene Engel verantwortlich. Allerdings stimmt das mit dem Knoblauch und dem Tageslicht nicht."

„Gut zu wissen! Wie soll ich dich eigentlich jetzt nennen?"

„Wie es dir gefällt."

Anschließend unterhielten wir uns noch weiter über Gerüchte und Fakten und lachten über die obskursten Vermutungen.

Nach einiger Zeit wurde ich aber wieder ernst. Es gab etwas, das noch nicht geklärt war.

„Warum musst du gehen?"

Schlagartig war die Leichtigkeit wie weggeblasen.

„Es geht um einen Auftrag."

„Einen Auftrag?"

„Ja. Ein paar meiner Freunde und ich werden auf die Erde geschickt. Wir sollen uns dort unters Volk mischen. Wenn ich bei euch Irdischen bin, kann ich nicht in deinen Traum eintauchen. Die einzige Möglichkeit, dass wir uns wieder sehen, ist, wenn wir uns in deiner realen Welt treffen und das ist sehr unwahrscheinlich. Vor allem, weil ich nicht einmal weiß, wo wir überhaupt hingeschickt werden."

„Da hast du wohl recht." Ich umarmte ihn fest und er erwiderte die Geste. So saßen wir einige Zeit da. Vielleicht waren es Minuten oder auch nur Sekunden. Ich hatte jegliches Gefühl für Zeit verloren. Das Einzige, woran ich denken konnte, war, dass dies womöglich das Ende war.

Nach dieser Nacht würden wir uns nie mehr wiedersehen.

1

Alice

DREI JAHRE SPÄTER

Ich lief so schnell mich meine Beine tragen konnten. Sie würden mich nicht bekommen.

Die kalte Abendluft stieg in meine Nase und mein Mantel wehte hinter mir her. Schüsse waren zu hören. Ich wich gerade noch einer Kugel aus, die mich fast auf Kopfhöhe getroffen hätte.

Hinter der nächsten Ecke war eine Sackgasse mit einer etwa drei Meter hohen Mauer. Da konnte ich meine Verfolger abschütteln.

Ich bog in die Seitengasse ein und lief direkt auf die Wand zu.

„Wir haben sie!", hörte ich einen Mann hinter mir rufen. In dem Moment sprang ich die Mauer hoch.

Geschockte Laute kamen von meinen Jägern, als ich auf der Mauer landete.

Ich blickte nicht noch einmal zurück. Ich landete auf der anderen Seite und lief weiter. Ich hatte sie vielleicht abgeschüttelt, aber wer sagte denn, dass sie mich nicht wieder finden würden.

Ich rannte und rannte durch die Gassen des Viertels.

Nach einer halben Stunde fühlte ich mich sicher und kletterte die Regenrinne einer Hauswand hinauf. Auf dem Dach stoppte ich und atmete tief durch.

Die Sonne ging langsam hinter den Häusern unter und tauchte den Horizont in ein warmes Rot.

Es wäre eigentlich ein schöner Anblick gewesen, wenn es nicht geheißen hätte, dass mir nicht mehr viel Zeit blieb, um heimzukommen.

Ich atmete abermals ein und wieder aus. Es war Zeit, sich wieder auf den Weg zu machen.

Ich nahm Anlauf und sprang wieder auf die Straße.

Als ich bei meinem Unterschlupf ankam, war es bereits dunkel. Ich bog um die letzte Ecke.

Leider war ich unvorsichtig gewesen, sonst hätte ich gespürt, was mich dahinter erwartet hatte.

Schwarze Schatten lagen in der Gasse und gräulicher Rauch stieg auf. Ich hatte sie nicht bemerkt. Es waren drei oder vier von ihnen. Ich war nur noch etwa zwanzig Meter von meiner Haustür entfernt.

Plötzlich ging ein dumpfer Schmerz durch meinen Arm. *Verdammt, einer hat mich gebissen.* Ich schüttelte die Kreatur an meinem Arm ab und wich den anderen aus.

Meine Kräfte ließen nach. Anscheinend war bei dem Biss Gift übertragen worden.

Irgendwie schaffte ich es zur Tür. Ich öffnete sie, stolperte hinein und warf sie hinter mir zu.

Drinnen rutschte ich an der Tür hinab. Das Gift war stärker, als ich gedacht hatte.

Ich ging zu Boden und sah nur mehr Schwarz.

Als ich die Augen öffnete, war ich nicht mehr im Armenviertel, in dem ich um mein Leben rang. Ich war in einem weißen Raum.

Sofort bekam ich Panik. *War ich wieder in dem Labor? Bitte nicht!*

Ich sah mich hektisch in dem sterilen Raum um. Da fiel mir auf, dass ich gar nicht ans Bett gefesselt war. Ich schlug die kuschelige Decke weg und setzte mich auf. Mein braunes Haar fiel mir über die Schultern. Anscheinend war mein Erscheinungsbild stabil. Es wäre problematisch, wenn ich Wolfsohren oder einen Schwanz in der Gegenwart von anderen Menschen hätte. Da ging plötzlich die Tür auf.

„Du bist wach", stellte eine mir vertraute Stimme fest.

Ich hätte nie gedacht, dass ich ihm wieder begegnen würde.

Nikolas Anderson sah mich mit einem leichten Lächeln an.

„Sie?", fragte ich verwundert.

„Hallo Alice!"

Er war der beste Freund meines Vaters, Ryan Nex, gewesen und hatte auch meine Mutter gut gekannt und gemocht. Meine Stiefmutter verabscheute er allerdings.

Mein Vater war, als er meine Mutter kennenlernte, schon verheiratet. Sie war eine Goldgräberin gewesen und hatte ein Erbe, das mehrere Millionen umfasste. Nach der Hochzeit hatten beide ihren Familiennamen behalten. Aus dieser Ehe gab es auch eine Tochter, die bei ihrer Geburt beide Familiennamen angenommen hatte. Meine Stiefschwester war, wie ihre Mutter, ein Biest, abgehoben und arrogant.

Jedenfalls hatten sie sich zerstritten und mein Vater hatte meine Mutter Sirena MacJaxtey kennengelernt. Er hatte sie geliebt und sie ihn. Sie war aus ärmeren Verhältnissen gewesen, aber diese Tatsache hatte Dad nie gestört.

Mein Vater hatte die Scheidung gewollt. Meine Stiefmutter, Kathrin Oblo, war natürlich dagegen gewesen. Zu dem Zeitpunkt hatte mein Vater allerdings nichts von dem Kind gewusst.

Bei einem der Gerichtstermine hatte Mrs. Oblo eröffnet, dass sie schwanger und im sechsten Monat sei. Daraufhin konnte mein Vater sie nicht mehr aus seinem Leben verbannen. Er hatte sich verständlicherweise dem Kind gegenüber verantwortlich gefühlt.

Ich war kurz vor dem Gerichtstermin passiert. Also hatte man an mich noch nicht gedacht. Als herausgekommen war, dass meine Mutter auch schwanger gewesen war, war zu Hause die Hölle los. So kam es, dass wir nun zu fünft waren.

Meine Mutter hatte mich geliebt und meine Stiefmutter hatte mich genauso wenig leiden können, wie sie meine Mutter mochte. Mein Vater hatte davon nichts mitbekommen.

Wir hatten zu fünft in einem Haus gelebt.

Zumindest bis meine Eltern vor knapp zehn Jahren verstarben.

Nikolas hatte mir, im Gegensatz zu den meisten anderen, nie die Schuld am Tod meiner Eltern gegeben.

Nachdem ich zuhause wegen Kathrin ausziehen musste, war er mich manchmal in meiner kleinen Wohnung im Armenviertel besuchen gekommen. Wir hatten eine besondere Bindung, vor allem nach dem Verlust meiner Eltern.

Er hatte mehrmals angeboten, dass ich bei ihm und seiner Familie leben könnte, was ich jedoch dankend ablehnen musste. Es hatte sich für mich falsch angefühlt und seine Tochter war eine gute Freundin meiner Stiefschwester. Sie hätte ihr sofort davon erzählt.

Nikolas prüfte meine Werte auf einem Monitor an der Wand, an den ich angeschlossen war.

„Wie es aussieht, bist du völlig gesund", sagte er und schaute mich an, bevor er fortfuhr, „Gut, dass dir nichts passiert ist. Ich hatte schon Sorge, es könnte etwas Schlimmeres geschehen sein. Du sahst anfangs sehr schlecht aus. Glücklicherweise waren die Wunden nicht tief. Du bist, seit du vor zwei Tage her gekommen bist, bewusstlos gewesen" Er setzte sich neben mich auf das Krankenbett.

Wunden? Wie hatte ich die bekommen? Was war passiert, nachdem ich ohnmächtig geworden war? Das hätte nicht möglich sein sollen.

Mein Wohnort war stets mit einem Sicherheitszauber versehen gewesen. *War das Gift noch intensiver gewesen? Was um Himmels willen hatte mich da infiziert? Und weshalb hatten die Monster ihren Job nicht beendet?*

Nicht, dass ich momentan gerne sterben würde, aber, dass die Dämonen ihr Werk vollendeten, machte keinen Sinn.

Ich war froh, dass er nicht fragte, warum ich in diesem Zustand gewesen war. Er vertraute mir, aber wenn ich anfangen würde, über übernatürliche Wesen zu sprechen, würde er mich für verrückt halten. Er war unter anderem Wissenschaftler und hätte ohne eine plausible Erklärung kein Verständnis. Ob es nun wahr war, oder nicht.

Er wusste genauso wenig wie alle anderen, was mir an diesem schicksalhaften Tag passiert war. Er wusste nicht, dass ich ein übernatürliches Wesen mit unerklärlichen Fähigkeiten bin. Und er sollte es auch nicht wissen.

In Gegenwart von anderen Menschen verbarg ich meine Wolfsohren, meine Wolfsrute und meine Fangzähne. Da sie für Menschen nicht natürlich aussahen, musste ich auch meine Haar- und Augenfarbe anpassen: von Pastellblau auf Haselnussbraun und von Violett auf Schokobraun. So war ich unauffälliger und man würde nicht versuchen, mich einzusperren.

15

„Wie bin ich hierhergekommen?", wollte ich von Nikolas wissen, denn ich kannte diesen Raum. Er gehörte zum Krankentrakt der Schule die Nikolas leitete.

„Ich habe einige meiner Leute seit deinem Verschwinden auf dich angesetzt. Glücklicherweise konnten sie dich rechtzeitig finden. Sie brachten dich dann her. Aber ich würde gern wissen, was passiert ist. Warum bist du damals weggelaufen?", antwortete er.

Ich seufzte. *Wie sollte ich ihm erklären, dass ich im Traum einen besten Freund gehabt hatte, der damals gehen musste, weil er ein gefallener Engel war und auf die Erde geschickt wurde?* Wieder so eine übernatürliche Story.

„Es war zu viel geworden. Ich konnte es zuhause nicht mehr aushalten. Wenn ich noch länger geblieben wäre, hätte ich mich früher oder später vielleicht sogar umgebracht." Das war jedenfalls nicht gelogen.

„Warum bist du nicht zu mir gekommen? Ich habe dir doch gesagt, dass du mir alles erzählen kannst und wenn du ein Problem hast, lösen wir es gemeinsam. Du musst nicht allein sein."

„Ich habe dir schon damals gesagt: Wenn mich Jessica gesehen hätte, hätte sie es Amelia gesagt, die es ihrer Mutter gesagt hätte, die es unterbunden hätte." Mich gruselte immer noch der Gedanke daran, was passiert wäre, wenn ich Nickolas' großzügiges Angebot angenommen hätte und seine Tochter, Jessica, meiner Stiefschwester, Amelia, erzählt hätte, dass ich mich bei ihnen vor Kathrin versteckte.

Wir schwiegen einen Moment und waren in eigene Gedanken vertieft, bis Nikolas meinte: „Na ja! Ich bin jedenfalls erleichtert, dass es dir gut geht."

„Wo bin ich hier überhaupt?", wollte ich wissen.

„Oh! Ich habe dich in die Krankenstation meiner Schule bringen lassen. Hast du ein Zuhause?"

„Das ändert sich immer. Vielleicht bringst du mich einfach wieder dorthin zurück, wo ich gefunden wurde."

„Oder du bleibst an der Schule, machst deinen Abschluss und bist in Sicherheit."

„Ich... Ich weiß nicht."

„Bitte", flehte er mich förmlich an, „ich kann nicht ruhig leben, wenn ich mir immer Sorgen um dich machen muss."

Nach vielen Einwänden stimmte ich letztendlich zu. Ich würde in der Schule leben und dort in den Unterricht gehen. Um den finanziellen Teil kümmerte sich Nikolas. Er meinte, wenn ich nur halb so schlau und agil wie damals wäre, hätte ich sowieso ein Stipendium beantragen können. Die Schule war nämlich keine normale. Sie war eine der elitärsten Akademien aller Zeiten. Aber das war mir immer egal gewesen.

Am folgenden Tag wurde ich aus der Krankenstation entlassen. Nikolas war der Meinung, dass ich neue Klamotten bräuchte. Also gingen wir einkaufen und aßen auswärts.

Ich war es nicht mehr gewohnt, in große Einkaufszentren zu gehen, und achtete sehr darauf, ihm nicht allzu schwer auf der Tasche zu liegen.

Nach dem Einkaufstrip führte er mich in mein neues Zimmer. Es beinhaltete ein Bett, einen Schrank, einen Schreibtisch und eine Kommode. Es gab auch ein Fenster mit Blick auf den Wald, der die Schule umgab.

Nikolas meinte, ich sollte mich erst einmal einleben und er würde am nächsten Tag eine Vertrauensschülerin zu mir schicken, die mir das Gelände zeigte.

Er erklärte mir auch, dass ich spätestens am Ende der Woche mit den Einstufungstests anfangen musste, damit er mich in das System aufnehmen konnte.

Ich bedankte mich bei ihm und er verließ mein Zimmer. Davor bat er noch, dass ich ihn in der Öffentlichkeit lieber Mr. Anderson nennen sollte. Ich stimmte augenblicklich zu. Ich wollte selbst nicht, dass jemand wusste, dass ich den Direktor persönlich kannte. Im Gegenzug bat ich ihn, dass er niemandem verriet, dass mein zweiter Nachname Nex war, was er verstand. Immerhin war mein Vater nicht irgendjemand gewesen. Er hatte zur Elite der Elite gehört. Auch wenn er Starthilfe gehabt hatte, hatte er es, beinahe eigenständig, geschafft eines der größten Techunternehmen der Welt zu gründen.

Ich öffnete den großen Kleiderschrank und fand darin Schuluniformen und Klamotten für Sport. Da es eine Privatschule war, hatte ich bereits erwartet, dass es eine Uniform geben würde. Ich räumte meine neu erworbene Kleidung dazu und schloss den Schrank.

Den Rest des Abends verbrachte ich damit, mich in meinem neuen Zuhause einzurichten. Da ich nichts, außer der Sachen die bereits vor meiner Ankunft in dem Zimmer waren, besaß, war dies ein kurzes Unterfangen. Also legte ich mich nach Beendigung meiner Tätigkeit auf mein Bett und ließ die letzten vierundzwanzig Stunden, an die ich mich noch erinnern konnte, Revue passieren.

2

Lucifer

Ein schwarzer Wagen mit abgedunkelten Fenstern fuhr die Einfahrt zur Schule hinauf. Das war nichts Ungewöhnliches, immerhin waren wir hier an einer Privatschule.

Ich bin gerade mit Aiden meinem besten Freund bei meinem Morgenlauf durch den Wald des Geländes gewesen, als der Wagen angerollt kam. Es war ein warmer Frühlingstag. Die Sonne suchte sich ihren Weg durch das dichte Blätterdach und die Vögel zwitscherten. Es war der erste warme Tag im Jahr und ich genoss ihn.

Direktor Anderson ging auf den Wagen zu. Ich wusste nicht warum, aber irgendetwas schien meine Aufmerksamkeit zu wecken.

Nicht, dass nicht immer wieder jemand zu der Schule kam. Tatsächlich besuchte ungefähr jede Woche jemand Mr. Anderson. Ich hatte allerdings das Gefühl, dass es diesmal anders war. Es war halb sechs Uhr und die meisten Schüler schliefen noch.

Ein Mann im dunklen Anzug war ausgestiegen und sprach mit Direktor Anderson. Kurz darauf gingen sie zum hinteren Teil des Wagens.

„Luc? Ist was?" Ich sah zu Aiden. Er war voran gelaufen und hatte wohl bemerkt, dass ich ihm nicht mehr gefolgt war. Sein Blick wanderte zu dem Wagen.

Dann sah er mich fragend an. Auch er wusste, dass es keine Rarität war, dass ein Auto herkam.

„Ich weiß nicht!", gestand ich und sah wieder zu der Szenerie hinüber.

Der Mann im Anzug holte etwas aus dem Wagen. Als er sich in unsere Richtung drehte, erkannte ich, dass es kein Etwas, sondern eher ein Jemand war.

Jetzt war auch Aidens Interesse geweckt.

Mr. Anderson wurde hektischer. Als ich genauer hinsah, erkannte ich, dass es sich um ein Mädchen handelte. Es hatte offene Wunden und Blut rann über ihren Körper. Ich spürte plötzlich einen Stich in der Brust. *Was um alles in der Welt ging hier vor?*

Sie trugen das Mädchen unverzüglich in das Schulgebäude. Sobald sie außer Sicht waren, ebbte der Schmerz ab.

„Ist alles in Ordnung?", wollte Aiden von mir wissen. Ich war bei dem plötzlichen Schmerz wohl leicht zusammengezuckt.

Ich nickte und wollte wieder loslaufen. Mein Freund hielt mich zurück.

„Wenn etwas ist, dann sag es mir, bitte."

Ich atmete kurz durch, setzte ein schiefes Lächeln auf und meinte: „Klar doch!"

Dann begannen wir wieder zu laufen. Ich konnte das vorher Gesehene allerdings nicht aus meinem Kopf bannen.

Als wir in unserer WG ankamen, waren Lilith und Tyler schon wach.

Lilith, Tyler und Aiden waren, genau wie ich, gefallene Engel. Wir waren damals zusammen hergekommen.

Lilith war meine Schwester. Sie hatte sich schon immer für Menschen interessiert, war voller Energie und genoss jeden Tag. Es faszinierte sie, wie anders das Leben auf der Erde war, selbst nach drei Jahren.

Als Lilith uns sah, lief sie auf Aiden zu und schlang ihre Arme um ihn. Er erwiderte die Umarmung herzlich.

Sie waren, schon lange bevor wir hergekommen waren, zusammen gewesen.

Es hatte mich nie gestört. Aiden und ich waren gute Freunde und ich vertraute ihm.

Nachdem wir uns umgezogen und frisch gemacht hatten, gingen wir frühstücken.

Tyler und Lilith warteten bereits auf Aiden und mich. Wie jeden Morgen sprachen wir während des Essens miteinander.

Allerdings konnte ich dem Gespräch nicht zu hundert Prozent folgen. Es überraschte mich, wie sehr mich die Szenerie am Morgen beschäftigte.

„... ja, sie sah überhaupt nicht gut aus!", meinte Aiden. Ich horchte auf.

„Und sie wurde von einem der Wagen gebracht, die immer vorbeikommen?", wollte Tyler wissen.

Sie sprachen ganz eindeutig von heute. Meine Aufmerksamkeit war völlig auf das Gespräch fokussiert.

Aiden bejahte Tylers Frage.

„Also fassen wir einmal zusammen: „, setzte Lilith an, „Heute Morgen ist ein schwarzer, was hast du nochmals gesagt? VW?", Aiden nickte, „VW vor die Schule gefahren. Wie immer war Direktor Anderson vor Ort und hat kurz mit dem Fahrer gesprochen. Aber anders als sonst ist der Fahrer nach dem Gespräch nicht wieder gefahren, sondern ist zur Rückbank gegangen und hat ein schwer verletztes Mädchen herausgeholt. Anschließend sind sie ins Schulgebäude gegangen. Vermutlich zur Krankenstation, richtig?"

Aiden nickte abermals. Danach wandte sie sich mir zu: „Du warst doch auch da! Fällt dir noch etwas dazu ein?"

Tatsächlich gab es viele Details, die ich mir von dem Vorkommnis eingeprägt hatte.

„Es schien, als würde der Direktor das Mädchen kennen und sie war etwas jünger als wir. Ich schätze siebzehn oder achtzehn."

Die Antwort schien meine Schwester fürs Erste zufriedenzustellen. Darüber war ich sehr erleichtert.

Lilith war ein sehr neugieriger Charakter. Wenn etwas passierte, war sie immer eine der Ersten, die davon erfuhren. Nach einiger Zeit war das meiste für sie wieder uninteressant. Warum sie sich so für das Geschehen interessierte, weiß ich nicht.

Ich ließ meinen Blick durch die Mensa schweifen, als ich plötzlich die Brünette am Eingang erkannte. Sie war die letzte Person, der ich jetzt begegnen wollte.

Ich entschuldigte mich bei meinen Freunden und verschwand, so unauffällig es für mich möglich war, durch die Terrassentür.

Das war nicht ganz so einfach. Nicht dass ich in meiner wahren Gestalt unter den Sterblichen lebte. Es wäre viel zu gefährlich, aber meine „menschliche Gestalt" war für Menschen ebenfalls ansprechend. Auch verändert, bleibt immer etwas von der göttlichen Schönheit, wobei das bei mir ein Sonderfall ist, da ich von Gott, wegen meines Verrats an ihm, verflucht worden war. Dank dieses Fluches sah ich in meiner Engelsgestalt wie ein Monster aus. Allerdings war es uns gelungen, eine Art Droge zu entwickeln, die die Auswirkungen des Fluches unterdrücken konnte.

Trotz dieser, in diesem Fall, Unannehmlichkeit schaffte ich es hinaus, ohne dass Amelia mich sah.

Ich hatte noch eine knappe Stunde bis zum Beginn des Unterrichts, also machte ich mich auf den Weg in die Bibliothek.

So früh am Morgen war kaum jemand dort. Nur vereinzelt saßen Schüler an Tischen, die noch verzweifelt versuchten, ihre Hausaufgaben fertigzustellen oder für Tests zu lernen.

Der Raum war durch die großen, gotischen Buntglasfenster in ein sanftes Licht getaucht. Überall standen systematisch angeordnete, dunkle Bücherregale. Die Schulbibliothek war eine der bestbestücktesten Bibliotheken, die es weltweit gab.

Ich begab mich in den hinteren Teil des Jahrhunderte alten Gebäudes zu den Büchern die schon vor langer Zeit verfasst wurden. Dort hinten roch es nach Leder, Staub und in die Jahre gekommenem Papier. Die ältesten Bücher kamen aus der Bauzeit des Gebäudes. Sie waren überraschenderweise noch in halbwegs gutem Zustand.

Ich nahm einen der Gedichtbände aus dem Regal, setzte mich in eine abgeschiedene Ecke und begann zu lesen.

3

Alice

Am nächsten Morgen stand ich früh auf.

Als ich meine Uniform aus dem Schrank nahm und anzog, fühlte ich mich leicht befangen. Das letzte Mal, als ich eine Uniform getragen hatte, lebte ich noch bei meiner Stiefmutter. Die Erinnerungen an diese Zeit waren schrecklich. Sogar schlimmer als meine Zeit auf der Straße, wo ich die letzten Jahre gelebt hatte.

Nachdem ER mich verlassen hatte, war ich von zuhause davongelaufen. Besser gesagt, war ich nicht mehr hingegangen. Denn seit meinem achten Lebensjahr hatte ich nicht wie gewöhnliche Kinder bei meinen Eltern gelebt. Durch den Hass, den meine Stiefmutter auf mich hatte, wollte sie nicht, dass ich unter „ihrem" Dach schlief. Deshalb hatte sie mir eine Einzimmerwohnung im Armenviertel Londons, der Stadt, in der wir lebten, gemietet.

Also war ich gezwungen, jeden Morgen und jeden Abend hin- und herzupendeln. Meist musste ich um vier Uhr aufstehen und kam erst um zehn herum nach Hause. Wenn ich Glück hatte, bekam ich maximal sechs Stunden Schlaf.

Ich war de facto die Sklavin meiner eigenen Familie.

ER war es, der mich aufrecht gehalten hatte. ER war mein Antrieb.

Als ich IHN dann verlor, war es, als würde ich in ein nie endendes schwarzes Loch fallen. Ich fühlte nichts mehr. Jeder, den ich geliebt hatte, hatte mich verlassen.

Und da war mir ein Licht aufgegangen. *Warum sollte ich mir so etwas gefallen lassen?* Ich hatte das wenige Hab und Gut, das ich besaß, gepackt und war vor meiner Stieffamilie geflohen.

Seitdem hatte ich auf der Straße gelebt. Ein ständiger Kampf ums Überleben, keine Ahnung was der nächste Tag bringt, und doch fühlte ich mich freier und sicherer als je zuvor.

Ich verbannte alle Erinnerungen an die Vergangenheit und lebte nur noch im Jetzt.

Es klopfte an meiner Tür.

„Herein!", rief ich.

Die Tür öffnete sich und ein blondes Mädchen trat ein.

„Hallo! Mein Name ist Bethany Eyot, aber du kannst mich gerne Beth nennen. Mr. Anderson bat mich, mich um dich zu kümmern. Immerhin bist du neu hier. Richtig?"

„Ja! Ich bin Alice MacJextey. Freut mich, dich kennen zu lernen!", antwortete ich und lächelte sie leicht an.

„Freut mich ebenfalls! Du siehst nicht aus, als hätte ich dich gerade aufgeweckt. Das finde ich gut. Die meisten Neuzugänge kommen mit dem frühen Aufstehen nicht zurecht."

Es war 6:30 Uhr.

„Oh! Ich bin schon seit eineinhalb Stunden wach. War etwas joggen, um den Campus zu besichtigen."

Bethany starrte mich mit offenem Mund an. Die Reaktion hatte ich irgendwie erwartet.

„Was?", fragte ich.

„Du scheinst dich hier schnell einzugewöhnen", meinte sie, als sie sich wieder gefangen hatte.

Ich nickte und nahm meine Tasche. Dann verließen wir das Zimmer.

Wir holten uns etwas zu essen und sie zeigte mir alles.

Der Campus war sehr weitläufig und gut ausgebaut. Von den Forschungsstätten über Musikräume, bis hin zu den Sportplätzen, gab es alles. Natürlich war da noch der Wald, der das ganze Grundstück umgab. Die Schule lag am Fuße der österreichischen Alpen. Die nächste größere Stadt dürfte eine Stunde mit dem Auto entfernt sein.

Das Gelände umfasste sowohl Altbau als auch Neubau. Das Hauptgebäude kam aus der Zeit des Barock. Es musste ursprünglich ein Landsitz gewesen sein und war riesig. Das Forschungszentrum dagegen übertraf die modernen Standards bei weitem.

Außerdem erklärte Bethany mir, dass es auch Wahlfächer gab und die Klassen etwa acht bis zwölf Schüler umfassten, um einen besseren Lernerfolg zu gewährleisten. Während der ganzen Tour hörte ich ihr aufmerksam zu, damit ich nichts verpasste.

Zu Mittag waren wir fertig und gingen in die Cafeteria.

Wir unterhielten uns und waren uns während der Besichtigung nähergekommen. Sie hatte mir von ihrem älteren Bruder erzählt, der ebenfalls in diesen Schule gegangen war. Er war ein Musterschüler gewesen und natürlich verlangten ihre Eltern dasselbe von ihr. Ihre Familie war Inhaber einer riesigen Firmenkette in den USA. Bethany interessierte das Geschäft aber nicht und sie fragte sich, warum sowohl ihr Bruder als auch sie dasselbe lernen mussten. Er liebe seinen Job, aber Beth interessierte sich überhaupt nicht dafür, einmal im Familienunternehmen einzusteigen.

Ich, im Gegenzug, wusste nicht, was ich ihr erzählen sollte, und zu meinem Glück war sie eine Quasselstrippe.

„Alice! Achtung!", rief Beth auf einmal, doch es war bereits zu spät und ich lief direkt in eine Person hinein. Ich stolperte, fing mich aber im letzten Moment, bevor ich gefallen wäre. Ich entschuldigte mich augenblicklich, ohne zu wissen, in wen ich überhaupt hineingelaufen war.

„Hey! Bist du blind?", fragte die Person unfreundlich.

„Ich hab' mich doch schon entschuldigt", antwortete ich etwas gereizt und sah das Mädchen an. Ich erschrak innerlich, ließ mir aber nichts anmerken.

In alle Leute, in die ich in dieser Schule hineinlaufen konnte, musste es ausgerechnet sie sein? Ich meine, ich hatte gewusst, dass sie dort war, aber trotzdem. Immerhin war ich noch nicht einmal einen Tag in meinem bisherigen Leben Schülerin gewesen. Meine Stiefmutter war der Meinung gewesen, dass es vergeudete Zeit wäre, die ich lieber mit Hausarbeit verbringen sollte.

„Weißt du eigentlich, in wen du da hineingerannt bist? Ich bin Amelia Oblo-Nex. Ja, du hast richtig gehört. Ich bin die Tochter von Kathrin Oblo und Ryan Nex."

Ich starrte sie fassungslos an. Wie sie mit ihren Familiennamen angab, war unglaublich. Sie prahlte damit, als wäre sie etwas Besseres, dabei sollte sie etwas zurückschrauben. Immerhin war sie zu einem guten Teil an meiner Misere beteiligt. Das konnte ich allerdings natürlich nicht sagen.

„Bitte entschuldige Alice. Sie wollte sicher keinen Konflikt auslösen und es war sicher keine Absicht von ihr, in dich hineinzulaufen!"

„Du heißt Alice?", fragte Amelia an mich gewandt. Alles andere von Beths Entschuldigung überhörte sie geflissentlich, was mich nicht wirklich wunderte. Ich erwiderte nichts. Das ich ihr egal war, war mir klar gewesen, aber dass sie so dumm war, dass sie ihre eigene Schwester nicht erkannte, war ziemlich lächerlich. Daran erkannte man, dass sie mir auch damals, als wir noch zusammen gelebt hatte, kaum Beachtung geschenkt hatte und sie sich nur mit mir befasst hatte, wenn ich einen Fehler gemacht oder sie etwas gewollt hatte. Für sie war ich nichts weiter, als eine Dienstmagd gewesen, über die sie nach Belieben verfügen konnte. Sie begann zu lachen und meinte: „Du tust mir so leid, mit so einem Namen leben zu müssen. Wie konntest du auch nur irgendwelche Freunde finden?"

Das gab mir Anlass zu gehen. Während ich davon ging, murmelte ich noch: „Es tut mir leid, dass ich mich bei dir überhaupt entschuldigt habe."

Meine neue Freundin folgte mir.

Bei der Essensausgabe blieb ich stehen und holte Luft. *Natürlich musste ich in Amelia hineinlaufen. Besser konnte es nicht mehr werden.*

„Das war unglaublich", sagte Bethany, die hinter mir in der Schlange stand. „Entweder bist du sehr mutig oder total dumm."

Ich sah sie fragend an.

„Niemand hat jemals gewagt, so mit Amelia umzugehen. Auch wenn es der eine oder andere gerne tun würde. Das wird an ihrem Ego nagen."

Das ließ mich mit den Augen rollen.

Wir nahmen uns unser Essen und Beth führte mich an einen der Tische. Dort saßen bereits einige Schüler. Bethany stellte mich vor und wir setzten uns.

Ihre Freunde waren sehr nett. Genauso wie Bethany waren sie von meiner Aktion überrascht.

Sie erzählten, dass Amelia mit der Tochter des Direktors befreundet war und dass sie, trotz ihrer ekelhaften Art, so ziemlich das beliebteste und reichste Mädchen der Schule war.

Das wusste ich allerdings schon. Immerhin hatte ich dreizehn Jahre meines Lebens mit diesem Mädchen verbracht, und dass sie beliebt war, hatte ich mir denken können.

Es dauerte nicht lang und Beths Freunde und ich waren in eine Konversation vertieft.

Ich wurde allerdings das Gefühl nicht los, beobachtet zu werden.

4

Lucifer

Ich sah zu, wie dieses Mädchen sich von Amelia und ihren Freundinnen entfernte und meinte zu hören, wie sie sich dafür entschuldigte, sich entschuldigt zu haben.

Sie war irgendwie eigenartig. Seit wir an dieser Schule waren, hatte es noch niemand gewagt, Amelia keinen Respekt zu zollen oder gar zu ignorieren.

Als ich so darüber nachdachte, fiel mir auf, dass ich sie hier noch nie gesehen hatte, aber irgendwie kam sie mir bekannt vor. Es war seltsam. Eigentlich hatten wir Engel ein außerordentlich gutes Gedächtnis, aber es wollte mir einfach nicht einfallen.

Ich erwischte mich dabei, sie anzustarren, und riss meinen Blick los. Nun beobachtete ich das Wasser in meinem Glas, immer noch abwesend.

Da durchzuckte mich ein Gedanke: *Könnte sie das Mädchen von Freitag sein?* Ich ließ meinen Blick durch den Raum schweifen und hielt nach ihr Ausschau.

Ich erblickte sie etwa zehn Tische weiter mit Bethany Eyot und Astra Xenra. Eyot war Vertrauensschülerin. Damit war ich mir sicher, dass das Mädchen ein Neuzugang war. Ich betrachtete sie eingehend und bemerkte Gemeinsamkeiten mit dem Mädchen von vor fünf Tagen.

Seltsam! Bei den Verletzungen, die sie erlitten hatte, hätte sie mindestens drei Wochen auf der Krankenstation verbringen müssen.

„Luc! Hörst du mir überhaupt zu?", fragte meine Schwester, die von dem Tumult, um sie herum nichts mitbekommen hatte.

„Was?" Ich schreckte aus meinen Gedanken und sah sie verwirrt an.

„Ist das dein Ernst? Was ist los? Du siehst aus, als hättest du gerade ein Einhorn gesehen."

In dem Moment kam Amelia zu unserem Tisch und ließ sich neben mir auf den Sessel fallen. In Gedanken antwortete ich Lilith: „Wohl eher ein Ungeheuer!"

Amelia wollte, seit wir auf die Schule gekommen waren, eine Beziehung mit mir anfangen, aber ich lehnte immer ab. In meinem Herzen gab es nur ein Mädchen. Auch wenn sie zu dem Zeitpunkt unerreichbar schien.

„Ich kann es nicht fassen", beschwerte sie sich gerade.

„Was ist denn passiert? Hat dich jemand ignoriert?", fragte Lilith scherzhaft, ohne zu wissen, dass sie mitten ins Schwarze getroffen hatte.

„Ja! Wer glaubt dieses Gör, wer sie ist? Und dann noch dieser fürchterliche Name. Ich meine, wer will freiwillig so heißen?"

„Wie heißt sie denn?", erkundigte sich Aiden. Wir tauschten einen kurzen Blick und mir war sofort klar, dass auch er sie wiedererkannt hatte.

„Sie heißt Alice... ALICE! So hat mein Dienstmädchen geheißen. Und das war auch unerträglich."

Tyler sah sie fragend an und sie begann aus der Zeit zu erzählen, wie furchtbar ungehorsam und ungeheuerlich ihr Kindermädchen und deren Tochter, Amelias persönliches Dienstmädchen, gewesen waren.

Das war nichts Neues. Wenn Amelia nichts Besseres einfiel, begann sie aus ihrer frühen Kindheit zu erzählen.

Wahrscheinlich spielte sie auf die Mitleidsnummer, aber die zog nicht bei mir. Ich hatte ihre Verhaltensumschwünge bemerkt. Sie war nicht der Engel, für den sie sich in unserer Gegenwart ausgab und das wussten Lilith, Tyler und Aiden auch. Also machte ich mir keine Sorgen.

Mit ihrer Art konnte es gut sein, dass sie uns nur Märchen auftischte, um Aufmerksamkeit zu bekommen.

Ich ließ meine Augen durch den Raum schweifen und sie blieben wieder bei dieser Alice hängen. Irgendetwas an ihr weckte mein Interesse.

Während des Nachmittagsunterrichts konnte ich mich weiterhin nicht gut konzentrieren. Ständig fielen mir neue Dinge, Alice betreffend, auf.

Sie war wie ein Begleiter, der mich die ganze Zeit verfolgte. Selbst im Sportunterricht konnte ich sie nicht aus dem Kopf bekommen.

Nach dem Training kam Aiden zu mir.

„Hey! Was war denn heute mit dir los? Du wirktest irgendwie weggetreten."

Ich sah ihn an und überlegte, ob ich ihm von meinen gedanklichen Abschweifungen erzählen sollte. Er würde dichthalten, da war ich mir sicher. Wenn Lilith von meinen Gedankengängen erfahren würde, würde sie mich nicht nur damit Aufziehen, sondern auch versuchen daran anzuknüpfen und Alice und mich, aufgrund von Liliths romantischen Fantasien, zu verkuppeln.

„Ich habe nachgedacht. Das ist alles", antwortete ich wahrheitsgemäß. Vielleicht würde sich meine dauernde Ablenkung legen.

„Du weißt, dass du mit mir reden kannst, wenn etwas ist", bot er an. Ich nickte. Das war mir durchaus bewusst.

Beim Abendessen hielt ich nach Alice Ausschau, doch sie war nicht da.

Wie beim Mittagessen bekam ich wieder kaum etwas davon mit, wovon meine Tischgenossen redeten.

Nach einiger Zeit gab es meine Schwester auf, mich in ein Gespräch zu verwickeln. Es hatte keinen Sinn. Ich war überhaupt nicht bei der Sache.

Kurz nachdem wir in unseren Räumlichkeiten angekommen waren, nahm mich Lilith beiseite.

„Was um alles in der Welt ist mit dir los? Wieso hast du dich den ganzen Tag so seltsam benommen?", fragte sie etwas aufgewühlt. Ich konnte es ihr nicht verdenken. Seit wir auf der Erde waren, war ich zwar nicht die gesprächigste Person gewesen, aber ich hatte nie mein Umfeld ignoriert. Ich musste sehr unhöflich gewirkt haben und das war sehr ungewöhnlich für mich.

Ich hoffte inständig, dass ich die Gefühle der anderen nicht verletzt hatte.

„Ich habe nachgedacht", antwortete ich kurz angebunden, so wie schon bei Aiden zuvor. Sie sah mich fragend an. Sie würde nicht lockerlassen, bis ich erzählt hätte, was mich so beschäftigte.

Ich seufzte. „Das Mädchen, von dem Amelia zu Mittag erzählt hat: Sie war diejenige, die vor fünf Tagen hergebracht wurde."

„Du meinst, diese Alice ist die Person, die schwer verletzt in der Früh letzte Woche gebracht wurde?" Lilith sah mich mit großen Augen an, als ich nickte.

„Kein Wunder, dass du so weggetreten warst. Wenn sie wirklich so stark verletzt gewesen ist, wie ihr gesagt habt, dann ist es ziemlich seltsam, dass sie bereits wieder auf den Beinen ist und es erklärt die Blicke, die Aiden und du euch zugeworfen habt", stellte sie fest.

Während unserer Konversation veränderten sich Liliths Haar- und Augenfarbe.

Statt des rabenschwarzen, glatten Haars floss nun violett-rosa Farbiges über ihre Schultern. Ihre Augen hatten die Farbe von Rotwein und ihre Pupillen waren katzenhaft. Aus ihrem Rücken wuchsen zwei tiefschwarze Schwingen, die sie nah am Körper hielt, um nichts in ihrer Umgebung umzustoßen.

Für uns Engel war es zwar keine große Bürde, in einen menschlichen Körper zu schlüpfen, aber in unserer wahren Erscheinungsform fühlten wir uns um einiges wohler.

Meine Schwester sah mich nachdenklich an. Vermutlich dachte sie darüber nach, wie Alice es geschafft hatte, so schnell wieder auf die Beine zu kommen. Sie hatte Aiden um eine detaillierte Beschreibung der Wunden gefragt. Dass das Mädchen schon wieder völlig geheilt war, war theoretisch unmöglich.

„Unglaublich!", murmelte Lilith, was meine Theorie bestätigte. Sie schien komplett in Gedanken versunken, also ließ ich sie allein und ging in mein Zimmer.

Die Nacht konnte ich nicht schlafen. Es gab zu viel, das mich beschäftigte. Irgendwie musste ich meinen Kopf frei bekommen. In dieser Nacht würde mir dies jedoch nicht mehr gelingen.

5

Alice

Am nächsten Tag ging ich zu Unterrichtsbeginn zur Direktion. Beth und die anderen hatten Unterricht und Nikolas meinte, dass ich zu ihm kommen sollte, sobald ich den Einstufungstest ablegen wollte. Die ganze Woche zu warten, wäre langweilig gewesen, also entschied ich mich, es gleich hinter mich zu bringen.

Ich klopfte an die Tür und kurz darauf kam von drinnen die Aufforderung einzutreten.

„Alice? Was machst du hier?", fragte Mr. Anderson verwundert.

Ich erklärte, dass ich gerne die Prüfung ablegen würde.

Er sah mich kurz perplex an und nickte dann.

Wir verließen das Büro und gingen in den Neubau in einen der Computersäle.

Er ließ einen der Computer hochfahren und öffnete eine Website. Der Test war digital. Somit würde die Auswertung auch nicht allzu lange dauern.

„Da du noch nie auf einer Schule warst, wirst du wohl mit dem Test der ersten Klasse anfangen", erläuterte Nikolas. „Es sind fachspezifische Tests. Du wirst nach jeder positiv abgeschlossenen Prüfung eine Klasse in dem jeweiligen Fach aufsteigen. Wenn du an deine Grenzen kommst, ist die Testung beendet und außerdem wird die Reihenfolge der Fächer willkürlich ausgewählt. Noch Fragen?"

Ich verneinte, setzte mich an den PC und begann die Testung.

Die Prüfungen verlangten viel von meiner Zeit ab, aber ich begrüßte die Ablenkung. So hatte mein Gehirn etwas zu arbeiten und ich dachte nicht über anderes nach.

Meist verlief mein Tag genau gleich: fünf Uhr morgens aufstehen, eine Runde laufen und um sechs Uhr dreißig Frühstück. Danach ging es an den Computer, meist bis zum späten

Nachmittag. Manchmal genehmigte ich mir ein Mittagessen, aber ich war selten hungrig. Also ließ ich diese Mahlzeit zumeist aus. Am Abend aß ich, damit sich die Leute um mich herum keine Sorgen machten, eine Kleinigkeit und dann ging ich in die Bibliothek, um etwas zu lesen. Dann fing das Ganze von vorne an.

Da so viel Soff zu prüfen war, wurde meine Einstufung an mehreren Tagen abgehalten. Die ersten eineinhalb Tage der Testungen verbrachte ich großteils damit, zwischen den verschiedenen Fächern und Klassen der Grundschule zu wechseln. Die Aufgaben waren für mich ausgesprochen einfach, obwohl ich keine richtige Ausbildung hatte.

Mitte des zweiten Tages war ich mit der Grundschule fertig und Direktor Anderson meinte, ich solle eine Pause einlegen, was eher ein Befehl als eine Aufforderung war.

Also beschloss ich, am Campus spazieren zu gehen.

Es war ein schöner Herbsttag. Die Sonne schien hell und ein leichter Wind wehte die Blätter von den Bäumen. Die anderen Schüler nutzten das wundervolle Wetter ebenfalls aus. Unter einigen Bäumen saßen sie in Gruppen zusammen. Sie plauderten und lachten miteinander. Andere spielten Ballspiele jeglicher Art. Alle wirkten fröhlich und zufrieden.

Ich ging an den Spielenden vorbei in den umliegenden Wald.

Ich nahm einen der gekennzeichneten Wege, der zu einem Pavillon führte. Die Äste wiegten sich im lauen Wind, Blätter raschelten und Zweige knirschten unter meinen Sohlen. Irgendwo weiter hinten konnte ich Vögel zwitschern hören. Ich atmete die frischen Waldluft ein und mein Körper schien sich seit langem einmal wirklich zu entspannen.

Plötzlich wurde die harmonische Idylle unterbrochen. Schritte waren zu hören.

Ich öffnete meine Augen, die ich kurzzeitig geschlossen hatte, um meine Umgebung noch vollkommener aufzunehmen, und blickte in Richtung der ungebetenen Störung.

Eine Gruppe Schüler kam auf mich zu und als ich sie erkannte, stöhnte ich innerlich. Ich hatte eindeutig kein Glück, denn, wie ich befürchtete, gingen sie nicht einfach an mir vorbei, sondern blieben stehen.

Amelia musterte mich abschätzig von oben bis unten. Es war, als würde sie mich einem Scan unterziehen. Ich verdrehte die Augen, als auch Jessica und ein anderes Mädchen mich genauso musterten.

Das konnte doch nicht ihr Ernst sein.

Ich ließ mein Auge flüchtig über die anderen Schüler gleiten und registrierte, dass es dieselben Schüler waren, mit denen meine Schwester immer zusammen aß.

Die Gruppe bestand aus den vier Mädchen und drei Jungs. Das eine Mädchen, das mich nicht seltsam beäugte, war, genau wie Amelia und Jessica, mindestens einen Meter achtzig groß und hatte langes, schwarzes Haar. So wie einer der jungen Männer hatte sie waldgrüne Augen. Auch er wies schwarzes Haar auf und war, wie die anderen, relativ groß. Ich vermutete, dass die junge Frau und er Geschwister waren. Aber mit den heutigen Mitteln, den eigenen Körper zu verändern, konnte ich mir dabei nicht absolut sicher sein.

Das schwarzhaarige Mädchen redete leise mit einem blonden Jungen. Dieser war etwas breiter gebaut als die anderen, aber auch wenn der Großteil dieser Clique mich um mindestens eineinhalb Köpfe überragte, schüchterten sie mich nicht im Geringsten ein.

Nachdem Amelia endlich mit ihrer Inspizierung fertig war, wanderte ihr Blick wieder zu meinem Gesicht.

Ich hob eine Augenbraue und starrte sie an.

Als sie schließlich anfing zu sprechen, hatte ich das Gefühl, eine Ewigkeit wäre vergangen.

„Hör mir mal ganz gut zu! Vermutlich bist du zu dumm, um zu wissen, wer ich bin. Jemand hätte dir sagen sollen, dass man mich lieber nicht zur Feindin hat. Allerdings bin ich nicht gerade eine Person, die schnell vergisst oder vergibt.

Also, damit das in dein kleines Hirn rein geht: Ich habe hier Macht und Einfluss, deshalb solltest du dir lieber überlegen, wie du dich aus der roten Zone wieder hinausbewegst. Wir wollen doch beide nicht, dass du am Ende von der Schule fliegst, oder?"

Daraufhin verzog sie das Gesicht zu einem Schmollmund. *Absolut kindisch.*

Ich hatte, seit sie ihre Predigt begonnen hatte, keine Mine verzogen und schwieg weiter.

Ein diabolisches Lächeln breitete sich auf Amelias Gesicht aus und sie meinte: „Oh! Hat es dir die Sprache verschlagen? Schon gut, so geht es den meisten."

Damit, was ich als Nächstes sagte, hatte sie sichtlich nicht gerechnet.

„Nein! Ich wusste nur nicht, was ich auf so eine Idiotie antworten sollte. Außerdem rede ich nicht mit überheblichen Schnepfen, die glauben, Geld würde alles lösen. Ich sehe keinen Sinn darin."

Meine Halbschwester riss die Augen in Entsetzen auf. *Wie konnte es nur sein, dass ihr noch niemand die Meinung gesagt hatte?*

Na ja, damit spazierte ich an den Leuten vorbei und nahm meinen Weg wieder auf. Hinter mir konnte ich noch Amelias entsetzten Nachruf hören: „Das wirst du bereuen!"

Ich ließ mich dadurch jedoch nicht stören und ging einfach weiter, ohne ein festes Ziel.

6

Lucifer

„Hey, Lucas!", hörte ich eine glockenklare Stimme hinter mir rufen. Den Namen hatte ich angenommen, um mich besser einzugliedern. Wenn meine Schwester und ich unsere normalen Namen behalten hätten, hätte das zu viele Fragen aufgeworfen. Deshalb wurde ich nun Lucas und sie Liliane genannt.

Ich war gerade auf dem Weg zum Mathematikunterricht und hatte eigentlich keine Zeit für irgendwelche Störungen.

Trotzdem wand ich mich ihr zu.

Amelia trug ihr Haar heute in einem strengen Zopf, der bei jedem Schritt hin und her wippte. Sie beschleunigte ihre Schritte, um zu mir aufzuschließen. Auf ihrem Gesicht zeichnete sich ein Lächeln ab, als sie merkte, dass ich auf sie wartete. Sie trat neben mich und wir durchquerten gemeinsam den Hof zum Wissenschaftstrakt.

Die letzten Tage schienen sich ins Unendliche gezogen zu haben. Wir hatten eine Menge Hausaufgaben erhalten und kamen daher nicht dazu, über andere Dinge nachzudenken. Der Unterricht schien nie endend und da ging es nicht nur mir so.

Es waren etwa zwei Tage vergangen, seit die Neue namens Alice in Amelia hineingelaufen war. Diese echauffierte sich übrigens immer noch über das Ereignis, was alle, die es mitbekamen, sehr verwunderte.

Es ging im Primären aber nicht darum, was sie gesagt hatte, sondern eher wie sie es gesagt hatte. Amelia wirkte irgendwie nicht nur in ihrem Ego verletzt, sondern schien sich auch von Alice bedroht zu fühlen, was sehr ungewöhnlich für sie war.

Jetzt aber strahlte sie mich an. Ich musste mich wirklich zurückhalten, nicht mit den Augen zu rollen.

„Wie läuft's bei dir in Physik? Mrs. Lendry ist doch verrückt. Einen mindestens 900-Worte-Aufsatz zum Thema ,atomare Verbindungen' bis Freitag. Die hat sie doch nicht mehr alle!"

Es war nicht das erste Mal, dass sie sich über unsere Physiklehrerin aufregte. Ich muss zugeben, dass ich manche ihrer Aufgabenstellungen auch etwas übertrieben fand, aber der momentane Aufsatz war eigentlich eine relativ einfache Sache und schnell erledigt.

Normalerweise würde sich das Mädchen neben mir nicht dermaßen darüber aufregen, aber durch die jüngsten, nennen wir es Meinungsunterschiede, zwischen Alice und Amelia wunderte es mich nicht sonderlich.

Wir erreichten den dritten Stock des Gebäudes, in dem mein Klassenzimmer lag, und ich wollte mich gerade von Amelia verabschieden, als uns eine ihrer Freundinnen entgegenkam.

Emily Pray war die Tochter reicher Schauspielereltern, die in Hollywood arbeiteten. Kurz hinter ihr kam auch Jessica, die Tochter des Direktors und beste Freundin Amelias, auf uns zu.

„Wir haben gerade von Professor Mildren erfahren, dass Professor Selan und Professor Miller heute durch Abwesenheit glänzen. Deshalb haben wir alle eine Freistunde", berichtete uns Emily freudig. Ich hob eine Augenbraue. Ich war mir nie sicher, ob sie die Wahrheit erzählte oder nicht. Das gleich beide Professoren, deren Kurse wir unabhängig voneinander besuchten, gefehlten haben sollen, war sehr unglaubwürdig. Emily, Jessica und Amelia schwänzten gern mal den Unterricht und hatten bereits das eine oder andere Mal versucht, mich auch dazu zu überreden.

Im nächsten Moment erblickte ich Tyler hinter Jessica. Er schien dasselbe wie ich gedacht zu haben und nickte mir leicht zu, als Amelia das Wort ergriff: „Das sind ja tolle Neuigkeiten! Wir haben uns sowieso eine Pause verdient."

Damit drehte sie sich am Absatz um und bedeutete uns, ihr zu folgen. Ihre zwei Freundinnen schlossen sich ihr an, wie kleine Schoßhündchen. Hinter ihnen kamen meine Freunde auf mich zu.

Lilith verdrehte die Augen, folgte Amelia jedoch.

Unsere Freistunde verbrachten wir alle zusammen in einem schönen Pavillon auf einer Lichtung im Wald.

Tyler, Aiden, Lilith und ich hatten zumindest versucht, an unseren Aufgaben zu arbeiten, was jedoch ein schwierigeres Unterfangen war, als man glauben würde.

Amelia redete wie ein Wasserfall über Gott und die Welt, was an sich kein Problem gewesen wäre. Allerdings erwartete sie, dass wir uns an dem Gespräch beteiligten, was schon etwas schwieriger war.

Nicht dass wir von ihrer Gnade abhängig wären, aber es war besser, sie nicht als Feindin zu haben. Vorsichtshalber.

Ich sah auf mein Handy, um die Uhrzeit zu checken. *Verdammt, warum verging die Zeit, wenn man sie nicht produktiv nutzte, nur so schnell?*

Ich informierte die anderen unverzüglich und wir machten uns auf den Rückweg.

Auf halbem Weg blieb Amelia unvermittelt stehen. Ich konnte nicht erkennen, warum. Lilith unterhielt sich leise mit Tyler und Aiden war etwas zurückgefallen.

Ich versuchte, zwischen den Mädchen vor mir durchzuspähen und den Grund unseres Stehenbleibens zu ergründen. Da erkannte ich, was los war.

Alice stand seitlich am Weg. Ihr Gesicht war eine steinerne Maske. Ein besseres Pokerface hatte ich bislang noch nicht gesehen. Sie starrte uns entgegen. Da begann Amelia zu sprechen: „Hör mir mal ganz gut zu! Vermutlich bist du zu dumm, um zu wissen..."

Ich hörte ihr nicht zu. Meine gesamte Aufmerksamkeit galt Alice. Sie ließ Amelias Vortrag über sich ergehen ohne jegliche Regung. Ich sah ihr direkt in die Augen, konnte allerdings überhaupt nichts daraus lesen. Es schien, als wäre sie völlig emotionslos. Sie sah Amelia jedoch nicht mit leerem Blick an, sondern strahlte eine solche Selbstsicherheit aus, dass der Größenunterschied der beiden Mädchen nicht auffiel.

Wie arrogant und abgehoben Amelias Worte und Art wirken mögen, sie konnte es nicht mit der Größe aufnehmen, die Alice auszustrahlen schien.

Am Rande meines Bewusstseins bemerkte ich, dass Tyler und Lilith aufgehört hatten zu reden und gespannt und verblüfft die Szene beobachteten. Auch Aiden hatte aufgeschlossen und stand abwartend da.

Amelia war endlich mit ihrer Rede fertig und sah Alice überheblich an. Diese verzog noch immer keine Miene. Ich meinte, ein ganz leichtes Zucken ihrer Mundwinkel gesehen zu haben, allerdings konnte ich es mir auch eingebildet haben.

Nachdem Alice nichts erwiderte, fragte Amelia: „Oh! Hat es dir die Sprache verschlagen? Schon gut, so geht es den meisten."

Das selbstgefällige Lächeln, das Amelia zur Schau stellte, hätte ich ihr gerne aus dem Gesicht gewischt – aber das übernahm Alice.

„Nein! Ich wusste nur nicht, was ich auf so eine Idiotie antworten sollte. Außerdem rede ich nicht mit überheblichen Schnepfen, die glauben, Geld würde alles lösen. Ich sehe keinen Sinn darin."

Damit wand sie sich ab und ging an uns vorbei. Als sie auf meiner Höhe ankam, trafen sich unsere Blicke für den Bruchteil einer Sekunde. In dieser kurzen Zeit glaubte ich, eine Fülle an Emotionen in ihren Augen miteinander ringen zu sehen. Bevor ich auch nur darüber nachdenken oder eine identifizieren konnte, hatte sie ihren Blick hastig abgewandt und ging weiter.

Am Rand meiner Wahrnehmung hörte ich Amelia irgendetwas rufen. Ich ignorierte es einfach und versuchte, die plötzliche Wärme in meinem Körper zu erklären, die sich um mein Herz schloss.

So etwas hatte ich bisher nur bei einer Person erlebt. Ich blickte Alice nach und ich hatte das Gefühl, dass sich mit jedem Meter, den sie sich weiter entfernte, die Wärme aus meinem Inneren zurückzog, als würde das Mädchen sie mitnehmen und der allgegenwärtigen Kälte mehr und mehr Raum geben.

Zurück beim Schulgebäude verabschiedete ich mich abwesend von den Mädchen und Tyler und schlug gemeinsam mit Aiden den Weg zur Sporthalle ein.

Wir schwiegen den ganzen Weg, aber ich konnte Aidens besorgten Blick auf mir spüren.

Noch immer schweigend, betraten wir die Umkleide.

Meine Gedanken hingen weiterhin bei Alice. Ich hatte keine Ahnung, warum sie mich so faszinierte. Wahrscheinlich lag es an ihrer Ankunft und dem Zustand, in dem sie sich befunden hatte. Vermutlich war es die Tatsache, dass ihre Wunden so schnell verheilt waren, obwohl es unmöglich schien. Wahrscheinlich sind sie nicht so tief gewesen, wie sie ausgesehen hatten.

Möglicherweise war es aber die Art, wie sie mit Amelia redete und nicht vor ihr kuschte, wie jeder andere hier.

Während ich so darüber nachdachte, fiel mir überhaupt nicht auf, wie sich die Umkleide leerte und zum Schluss nur noch Aiden und ich in dem Raum waren.

Mein bester Freund kam zu mir, legte seine Hand auf meine Schulter und fragte: „Alles in Ordnung?"

Ich sah ihn leicht verwirrt an, da klarten meine Gedanken wieder auf und ich nahm meine Umgebung wieder wahr.

„Wir reden später darüber", meinte ich und ging in die Halle, wo die anderen bereits warteten.

7

Alice

Ich saß wieder vor dem Computer.

Wie Mr. Anderson mir befohlen hatte, nahm ich mir den Nachmittag frei.

Als ich das Gebäude verlassen hatte, wollte ich meine Arbeit eigentlich nicht unterbrechen. Ich hatte vor diesen Test hinter mich bringen und, wie die anderen, Berge an Hausaufgaben zu bekommen, damit ich mein Gehirn auf Trab halten konnte, um nicht über anderes nachzudenken.

Jetzt saß ich aber da und starrte einfach nur auf den leuchtenden Bildschirm.

Eigentlich ist das nicht korrekt: Ich starrte durch den Bildschirm. Ich konnte nämlich nicht erfassen, was darauf stand.

Meine Konzentration war einfach weg. Meine Gedanken drifteten immer wieder zu meiner Begegnung am vorigen Nachmittag.

Ich sah seine waldgrünen Augen vor mir aufflackern, die mich intensiv musterten. In diesem Moment hatte ich mich ihm so verbunden gefühlt. Ich wusste nicht, wer er war, aber er brachte mich vollkommen durcheinander, was ich gar nicht mochte.

Es war, als würde Feuer durch meine Adern fließen und mich vollkommen durchwärmen, als würden tausende Schmetterlinge in meinem Bauch herumflattern und mein Herz raste, als würde ich einen Marathon laufen, als hätte nichts außer ihm und mir eine Bedeutung.

Ich hatte nicht gedacht, dass man jemals eine solche Anziehung verspüren konnte. Man nennt das wohl ‚Liebe auf den ersten Blick‘. Ich hatte das bis dahin für reinen Humbug gehalten.

Fakt ist jedoch, dass ich nichts mit ihm zu tun haben wollte. Ich kannte ihn doch überhaupt nicht und er war ein Freund von Amelia. Dementsprechend konnte ich keine Gefühle für ihn haben. Nicht wegen Amelia per se, sondern eher, weil ich mich niemals nach dem ersten Eindruck auf jemanden einlassen würde und mein Herz sowieso bereits vergeben war.

Ich gab mir eine Ohrfeige, um mich aus diesem Kauderwelsch aus Gedanken zu holen und in die Wirklichkeit zurückzukehren.

Ich redete mir zu, in der Gegenwart zu bleiben, stand auf, ging eine Runde durch den Raum, um mich zu sammeln, und setzte mich mit neuem Elan vor das Matheproblem, welches ich gerade zu lösen versucht hatte.

Aufgrund meiner Geschwindigkeit in den letzten Tagen war Mr. Anderson der Meinung gewesen, dass ich einige der Klassen überspringen und einfach in einer höheren weitermachen sollte.

Ja, es ist abnormal, dass ein Mädchen in meinem Alter einen Test für die Volksschule machen musste und den dann versemmeln würde, was ich nicht getan hatte, aber mein Fall war nicht normal. Ich war immerhin noch nie auf einer Schule gewesen. Da war es klar, dass ich mit sehr, sehr einfachen Beispielen beginnen musste und sie dementsprechend schnell löste.

Allerdings war es wirklich schnell. Normale, überdurchschnittlich gute Schüler würden die Testreihe in zwei Tagen absolvieren, aber meine Aufnahmefähigkeit war keinesfalls normal. Daher hatte ich weniger Zeit benötigt. Wahrscheinlich war das der Grund gewesen, weshalb der Direktor wollte, dass ich eine Pause einlege.

Der Rest der Woche verlief ereignislos. Ich arbeitete weiter auf der Plattform, die mir gegeben wurde und ging erst spät, manchmal auch gar nicht, zum Abendessen. Ich wollte jegliche Zusammenstöße mit Amelia und ihrer Clique vermeiden.

Ich arbeitete fleißig und war in Rekordzeit auch mit den Aufgaben der Unterstufe fertig, obwohl mein Gehirn nicht immer so funktioniert hatte, wie ich wollte. Aber man kann manches schlichtweg nicht erzwingen und ich ließ ab und zu meinen Gedanken einfach freien Lauf, wenn auch widerwillig.

Nach knappen drei Wochen war ich fertig. Ich saß vor Problemen, die sich mir einfach nicht erschlossen, Erklärungen, die keinen Sinn ergaben, und Texten, die geradezu unübersetzbar waren.

Mr. Anderson war über meine Kompetenzen und mein Wissen mehr als erstaunt.

„Ich wusste, dass du schlau bist, aber ohne eine Ausbildung über so viel Allgemeinwissen zu verfügen, grenzt an ein Wunder", entschlüpfte es ihm, als er meine Testergebnisse sah.

Ich hoffe, dass er nicht mit anderen Leuten darüber reden würde. Ich wollte nicht, dass andere Schüler dachten, ich wäre abgehoben oder so etwas. Eigentlich wollte ich, dass sie mich am besten dezent ignorierten und in Ruhe ließen.

Aber das Schiff schien abgefahren zu sein. Alle hielten mich für eine Art Göttin, weil ich mich gegen Amelia gewehrt hatte. Natürlich zeigten sie es nicht offensichtlich, da sie sich zu sehr vor ihr fürchteten, aber es ging mir gewaltig auf die Nerven.

Anstelle meines Rituals nach dem Abendessen in die Bibliothek zu gehen, begann ich, mir während des Unterrichts der anderen Schüler Bücher auszuleihen und in meinem Zimmer zu lesen. Einerseits weil mir die anderen Schüler, die mich immer noch für eine Heldin hielten, in der Bibliothek aufgelauert und mich beobachtet hatten, was mir ehrlich gesagt sehr unangenehm war, andererseits weil ich bemerkt hatte, dass der schwarzhaarige Junge auch gern einmal am Abend dort vorbeischaute, was ich einem von Amelias Freunden nicht zugetraut hätte. Ich muss zugeben, dass ich etwas voreingenommen war, aber immerhin geht es um die Freunde meiner Schwester und sie ist... nun ja, schwierig.

Auf jeden Fall war dadurch die Bibliothek für mich kein Rückzugsort mehr gewesen.

Mr. Anderson meinte, dass er mir am Sonntag meinen Stundenplan auf mein Zimmer bringen lassen würde, damit ich mich noch damit arrangieren könne.

Es war Freitag Nachmittag und die meisten Schüler waren bereits in Wochenendstimmung. Ich ging den weißen Gang des Naturwissenschaftsgebäudes entlang und sah aus dem großen Fenster zu meiner Linken auf den Campus.

Ein paar Schüler liefen über den Rasen, ihre Taschen über den Köpfen, um sich vor dem strömenden Regen zu schützen.

Der Tag hatte sonnig angefangen, wodurch niemand mit dem Platzregen gerechnet hatte, der uns am frühen Nachmittag überraschte.

Ich fühlte mich träge und war hundemüde, weswegen ich die Treppen hinunter ins Erdgeschoß schlurfte und das Gebäude verließ.

Auch ich war nicht für das Wetter ausgestattet und trug nur ein rotes T-Shirt, gepaart mit einer weiten Jeans und braunen Stiefeletten.

Ich steckte mir die Airpods in die Ohren, die mir Mr. Anderson geschenkt hatte, startete mir eine Playlist auf Spotify und ging in den prasselnden Regen hinaus.

Das Wochenende verging glücklicherweise relativ schnell. Den Großteil meiner Zeit verbrachte ich lesend in meinem Zimmer, bis Bethany am Sonntag zu mir kam, um mir meinen Stundenplan zu bringen.

„Hi!", sagte sie, als sie mir eine dünne Mappe überreichte.

„Hi!", erwiderte ich, legte mein Buch beiseite, nahm die Mappe an und öffnete sie.

Gleich auf der ersten Seite war mein Stundenplan angegeben. Beth setzte sich neben mich auf mein Bett und pfiff durch ihre Lippen, als sie mir über die Schulter schaute.

Ich spürte Beths Blick auf mir, als sie anerkennend sagte: „Scheinst echt klug zu sein! Mr. Anderson meinte, dass du noch nie an einer Schule gewesen bist und trotzdem besetzt du viele der Leistungskurse."

Ich blickte zu ihr auf und sah sie eindringlich an.

„Was hat Mr. Anderson dir noch über mich erzählt?", fragte ich ruhig, obwohl in mir alle Alarmglocken schrillten. Natürlich hatte Nikolas Bethany etwas über mich erzählt, immerhin war sie meine Vertrauensschülerin und damit teilweise für mich verantwortlich. Außerdem musste sie in irgendeiner Form über mich informiert werden.

„Oh! Er sagte mir, dass du eine Stipendiatin aus einem Waisenhaus seist und soziale Kontakt nicht so gewohnt wärst und dadurch lieber für dich bist", antwortete sie.

„Und sorry wegen der Leute. Wir sind es nun einmal nicht gewohnt, dass jemand sich mit Oblo-Nex anlegt. Immerhin ist ihre Mutter eine der einflussreichsten Personen der Welt", fügte Beth nach einer kurzen Pause noch hinzu.

Ich atmete tief durch. Ich konnte nicht zusehen, wie sich alle so dermaßen vor meiner Stiefmutter, und damit vor meiner Stiefschwester, fürchteten.

Ich legte die Mappe auf den Boden und drehte mich im Schneidersitz zu meinem Gast.

„Also", meinte Beth, „Ich würde dich gerne besser kennenlernen. Mir ist letztens aufgefallen, dass wir bisher nur über mich und überhaupt nicht über dich gesprochen haben."

Und das hat auch einen guten Grund, fügte ich in Gedanken hinzu.

Sie sah mich abwartend und interessiert an. Ich dachte fieberhaft darüber nach, wie ich ein unverfängliches Thema anreißen konnte, das nicht zu unangenehmen weiteren Fragen führen würde.

„Ich ... ähm ... Ich bin in London geboren und aufgewachsen. Und... Eigentlich gibt es sonst nicht viel über mich zu sagen, was interessant sein könnte. Ich kam aus ärmeren Verhältnissen", was indirekt keine Lüge war, „Außerdem habe ich meine Eltern vor vielen Jahren verloren." Damit schloss ich, weil ich mir sicher war, dass sie gefragt hätte, was mit meinen Eltern gewesen war, da ich ja in einem Waisenhaus gelebt haben soll.

Bethany hörte mir aufmerksam zu. Sie wirkte besorgt. „Es tut mir leid, was dir passiert ist", sagte sie mitfühlend.

„Ist schon okay", winkte ich ab. Meine Eltern waren die Letzten, über die ich reden wollte. Nicht, dass ich sie nicht liebte, aber ich gab ihnen auch etwas Mitschuld an meiner Misere. Allerdings gibt es auch andere Gründe, weswegen ich nicht gerne über ihren Tod sprach.

„Tja... Ähm...", stammelte Bethany, die die unangenehme Stille inzwischen auch bemerkt zu haben schien. Ihre Augen wanderten durch mein Zimmer. Mit ziemlicher Sicherheit suchte sie nach irgendeinem Anhaltspunkt, um unser Gespräch irgendwie doch ins Rollen zu bekommen. Da fiel ihr Blick auf meine Mappe, die am Boden lag und sah mich wieder an. „Nun... Ich bin auch in einigen der Leistungskurse. Wenn du willst, können wir uns morgen beim Frühstück treffen und dann vielleicht zusammen zur Klasse gehen?", fragte sie unsicher und hoffnungsvoll.

Ich nahm ihr Angebot gerne und dankend an, was sie sichtlich aufatmen ließ.

Aus dem Grund, dass sie sich wirklich zu bemühen schien, dass ich mich hier wohlfühlte, wollte ich es ihr nicht unangenehmer als notwendig machen und fragte sie nach ihren Hobbys, woraufhin sie mich dankend ansah und wir uns noch eine ganze Weile über verschiedenste Dinge unterhielten, bis sie mich dann am späten Nachmittag verließ und ich mich das erste Mal seit einer sehr langen Zeit wie ein relativ normaler Mensch fühlte.

8

Lucifer

Ich ließ mich auf das gemütliche Sofa in unserem Wohnheim fallen.

Der Tag hatte ordentlich an meinen Kräften gezerrt und mich komplett ausgelaugt.

Aiden kam mit zwei Wassergläsern aus der Küche und hielt mir eines hin. Dankend nahm ich es an und trank einen großen Schluck.

Tyler und Lilith waren noch nicht zu Hause. Es schien, als hätte Aiden nur auf so einen Moment gewartet.

„Also?", fragte er. Mir war bewusst, worauf er anspielte. Ich hatte ihm versprochen, ihm zu erzählen, was mich die ganze Zeit beschäftigte. Ich kam aus der Nummer nicht wieder heraus.

„Alice", sagte ich nur und schwieg kurz. Dann setzte ich nochmals an. „Es ist irgendwie merkwürdig."

„Inwiefern?", wollte er wissen.

„Ich weiß nicht", ich hatte mein Glas auf den kleinen Couchtisch gestellt und lehnte mich zurück. „Ich bekomme sie einfach nicht aus dem Kopf. Und...", ich atmete tief durch, „andauernd fallen mir neue Details an ihr auf."

Es hatte mich einiges an Überwindung gekostet, ihm das zu sagen. Nicht, weil ich ihm nicht vertraute, sondern weil ich selbst nicht wahrhaben wollte, dass Alice in meinen Gedanken wohnte.

Aiden sah mich direkt an: „In jedem anderen Fall hätte ich gesagt, dass du auf sie stehst. Aber bei dir... Ich meine, in deiner Situation ist das etwas kompliziert."

Aiden war der Einzige, der von Ally wusste. Ich hatte mich früher oft in ihre Träume geschlichen, um meinem Leben aus dem Weg zu gehen. Allerdings wurde das nach einiger Zeit auffällig. Vermutlich war noch anderen Personen aufgefallen, dass ich mich des Öfteren zurückgezogen hatte, aber die hatten es einfach beiseitegeschoben. Wahrscheinlich wollten sie einfach höflich sein und mich nicht bedrängen.

Aiden hingegen war eines Tages zu mir gekommen und hat mich frei heraus gefragt. Anfangs wollte ich ihm es ihm verschweigen, aber mit der Zeit konnte ich nicht anders und erzählte ihm die ganze Geschichte: Wie ich auf Ally gestoßen war; wie sie meine Bedingungen einfach akzeptiert hatte; wie sie mich jedes Mal mit einem Lächeln empfangen hatte; die unzähligen Erlebnisse und schlussendlich wie wir uns getrennt hatten und sie tatsächlich als Mensch in der Lage gewesen war, hinter die Fassaden zu blicken.

Der Fluch, der mich wie ein Monster aussehen ließ, für den wir allerdings eine zumindest temporäre Lösung gefunden hatten, war auch zu diesem Zeitpunkt noch intakt.

Dieser besagte Fluch wurde mir von Gott persönlich auferlegt. Es war eine Strafe, da ich nicht vollends hinter ihm stand und seine Methoden hinterfragte.

Aufgrund dessen veränderte er meine Erscheinung vor den Menschen. Damit ich keine Tortur für die Engel war, die mich zu Gesicht bekamen, schuf er den Fluch so, dass allein das menschliche Volk mich als abscheuliche Kreatur sah. Für Engel war es nämlich das größte Privileg, zur Erde hinabsteigen zu dürfen und den Menschen als heilende Erscheinung zu begegnen.

Mich persönlich hatte das nie wirklich interessiert. Deswegen war mir diese Strafe auch egal gewesen. Als ich dann aber in Allys Traum stolperte, der so gar nicht zu dem kleinen Mädchen passte, dem er gehörte, empfand ich das erste Mal Reue.

Nichtsdestotrotz wollte Ally Zeit mit mir verbringen. Sogar mit der Auflage, dass sie mich nicht ansehen dürfe. Es war, als wäre ein Wunder geschehen. Nach und nach konnte ich sie mir nicht mehr aus meinem Leben denken.

Umso mehr schmerzt mich die Erinnerung an unsere letzte gemeinsame Nacht. Es war das schlimmste und beste Erlebnis in meinem gesamten Leben – und das sollte etwas heißen.

„Vielleicht kommst du langsam darüber hinweg und beginnst die Zukunft auf dich zukommen zu lassen", dachte Aiden laut, was mich wieder zurück ins Jetzt brachte. Ich sah ihn mit hochgezogener Augenbraue an und erwiderte: „Du meinst, dass mein Unterbewusstsein sagt: Es ist vorbei, jetzt verliebst du dich auf den ersten Blick in das erstbeste Mädchen?"

Aiden zuckte nur mit den Schultern, doch anhand seines Gesichtsausdruckes wusste ich, dass er diese Möglichkeit für genauso unwahrscheinlich wie ich hielt.

Aiden und ich waren uns schon immer ziemlich ähnlich gewesen, nur dass ich etwas introvertierter als er bin. Wir beide denken viel zu viel, was uns schon in so einige Schwierigkeiten gebracht hatte und auch mit ein Grund war, dass wir auf die Erde geflohen waren. Unsere Lage wäre am einfachsten mit den Worten, wenn wir den Himmel nicht verlassen hätten, wäre in die Hölle verbannt zu werden, das Beste gewesen, was uns hätte passieren können, zu erklären.

Manchmal wünschte ich, dass mir die ganze Existenz gleichgültiger wäre. Dann wäre so etwas nie passiert.

Nach einiger Zeit, in der wir jeweils unseren eigenen Gedanken nachgehangen waren, öffnete sich die Eingangstür und kurz darauf betraten Tyler und Lilith das Wohnzimmer. Sie sahen beide so geschafft aus, wie ich mich fühlte.

Tyler murmelt nur noch ein „Gute Nacht" und schlurfte in sein Zimmer. Lilith sah zwischen Aiden und mir hin und her. Sie wusste schon früher, dass es etwas gab, das nur Aiden wusste. Allerdings hatte sie das Feingefühl, es nicht anzusprechen. Genau wie jetzt.

Sie ging zu Aiden und die beiden versanken in einem innigen Kuss. Ich verließ das Zimmer, um ihnen ihren Freiraum zu geben.

So sehr, wie ich mich für die beiden freute, so sehr schmerzte mich ihr Anblick, wenn sie so zusammen waren. Aber das hatte nichts mit ihnen zu tun. Es erinnerte mich nur an Allys und meine gemeinsame Zeit.

9

Alice

Ich betrat den Klassenraum und Bethany brachte mich zu einem freien Platz.

Wir hatten uns verabredet, damit sie mich in die verschiedenen Klassen, die wir zusammen belegten, führen konnte, wofür ich ihr sehr dankbar war.

Kurz darauf traten noch einige andere Schüler ein. Die meisten der Gesichter hatte ich bereits in der Cafeteria gesehen, doch aufgrund meiner mangelnden Sozialität hatte ich bisher nur wenige Menschen kennengelernt.

Auch Astra Xenra, die eine gute Freundin von Beth war, besuchte mit uns einen der Kurse, worüber ich sehr froh war. Ich mochte Astra. Sie war etwa einen halben Kopf größer als ich, etwas stärker und hatte kurzes, dunkles Haar. Wenn man Informationen über irgendjemanden in der Schule brauchte, war sie die erste Ansprechperson. Sie wusste immer genau, was vor sich ging, wer mit wem gerade etwas hatte und wo die nächste nicht genehmigte Party stattfand.

Sie war eine richtige Klatschtante, was aber nicht unbedingt schlecht war. Jemanden wie sie zu kennen, würde mir sicher helfen, mich in kürzester Zeit einzufinden.

Ich weiß, man sollte sich eigentlich immer zuerst eine eigene Meinung bilden und nicht auf Gerüchte hören, die irgendjemand aus zweiter Hand hat. Allerdings kann ich es mir nicht leisten, mit den falschen Leuten aneinander zu geraten und dadurch dann Staatsfeindin Nummer eins zu werden. – Wobei ich glaube, dass ich mir das bereits vertan hatte.

Es läutete zur Stunde. Einige Plätze waren noch frei und der Professor war auch noch nicht gekommen. Astra und Beth tauschten sich leise über die neuesten Gerüchte aus.

Ich sah aus dem Fenster. Ein Blatt fiel vom Baum, der davorstand. Ich wusste nicht genau, was mich daran so faszinierte.

Ich war so abgelenkt, dass ich nicht gemerkt hatte, wie sich ein Mitschüler neben mich an den freien Tisch setzte. Erst als der Professor eintrat und die Klasse laut begrüßte, tauchte ich aus meiner Trance auf.

Ich erschrak leicht, als ich merkte, dass der Platz neben mir nicht mehr frei war. Das Mädchen hatte ich bereits zuvor getroffen. Anmutig saß sie auf ihrem Sessel und lauschte dem Professor.

Da fiel mir ein, wo ich sie schon mal gesehen hatte. Ich war ihr mehr als einmal begegnet. Sie war das schöne, dunkelhaarige Mädchen, das die ganze Zeit mit Amelia abhing.

Von Nahem war sie noch schöner. Es war fast unmenschlich. Ich meinte, ein leichtes Leuchten von ihr ausgehen zu sehen. Dann, vielleicht für den Bruchteil einer Sekunde, dachte ich, an ihrem Rücken manifestiere sich das Licht und nehme eine Form an.

Ich wand meinen Blick rasch ab. Aber nur um das Leuchten auch an anderen Schülern zu sehen. In der zweiten Reihe an einem Jungen, neben diesem an einem Schüler und in der dritten Reihe schräg rechts von mir aus, saß ein Junge mit dem gleichen Phänomen.

Es waren alles Schüler, die ich zusammen mit Amelia gesehen hatte. Das konnte nicht wahr sein.

Ich blinzelte. Das Leuchten war verschwunden.

Nun starrte ich hinunter auf mein leeres Blatt Papier. Meine Konzentration war völlig dahin. Ich musste Beth später unbedingt nach ihren Notizen fragen.

Hatte ich mir das Licht nur eingebildet, oder war es real? Aber das konnte doch gar nicht sein! Engel durften nicht einfach herkommen! Das wusste ich aus einer sicheren Quelle.

Nach der Stunde fühlte ich mich wie gerädert. Als das Mädchen mich angesehen hatte, sah ich Erkennen in ihren Augen. Sie konnte sich an unser Aufeinandertreffen erinnern. Dann war da Überraschung und dann, zum Schluss, so etwas wie... Reue?

Sie hatte den Blick sogleich wieder abgewandt. Ich wusste nicht, was es mit ihrer Reaktion auf sich hatte, allerdings verschwand sie, ehe wir entlassen wurden, und mit ihr die gesamte Gruppe.

Wahrscheinlich waren sie auf dem Weg zurück zu meiner Schwester. *Na ja, wen kümmert es?*

Während der nächsten Stunden war ich mir nicht sicher, ob es ein schlechter Scherz gewesen sein sollte. Die Vier schienen überall zu sein, sie waren in fast jedem Kurs, den ich belegte. Natürlich konnten sie nichts dafür. Aber um ehrlich zu sein, war das etwas seltsam.

Nach meiner vierten Stunde mit ihnen zusammen, begann ich es langsam zu akzeptieren. Abgesehen davon musste ich zugeben, dass sie viel intelligenter waren als erwartet. Ich fragte mich langsam, wie sie an jemanden wie Amelia geraten waren.

Sie schienen nicht von ihr abhängig zu sein. Auch sie genossen hohes Ansehen bei der Mehrheit der Schüler.

In den nächsten Tage beobachtete ich das Quartett. Die Begebenheit am Anfang der Woche hatte mir viel Stoff zum Nachdenken gegeben.

Diese Art von Licht um eine Person konnte im Normalfall nur zu einem Ergebnis führen. *Aber was würden sie bitte an einem Ort wie diesem zu suchen haben?* Ich musste erst sichergehen, ob meine Vermutungen stimmten. *Waren sie wirklich Engel?*

Je länger ich mich mit ihnen beschäftigte, desto mehr Anhaltspunkte schienen sie mir zu geben.

Was ich am Anfang für unmöglich hielt, schien immer zutreffender zu werden. Nach einiger Zeit war ich mir nicht einmal mehr sicher, warum ich es so abwegig gefunden hatte.

Ihr ganzes Sein, diese übernatürliche Schönheit, die mir bereits beim ersten Blick die Sprache verschlagen hatte... Sie fielen unter den anderen auf wie Pudel.

In einer unserer gemeinsamen Unterrichtsstunden machte ich dann Nägel mit Köpfen. Es war Zeit, die Spekulationen zu überprüfen.

Ich leerte meinen Kopf von allen Gedanken und spürte in mich hinein. Ein Etwas, das ich nicht genau beschreiben kann, formte sich in meinem Inneren. Es wurde immer größer und lief Gefahr, meinen gesamten Körper einzunehmen. Bevor dieses Etwas jedoch aus mir herausbrechen konnte, kanalisierte ich es an einem bestimmten Punkt.

In Wahrheit verlief der geschilderte Vorgang viel schneller. Ich hatte ihn schon dutzende Male durchgeführt. Nach knappen fünf Sekunden schloss ich kurz meine Augen.

Als ich sie das nächste Mal öffnete, sah die Welt nicht mehr so aus wie zuvor. Ich meine, klar: Ich befand mich noch im Klassenzimmer. Neben mir saß Astra, die versuchte, sich auf den Lehrer zu konzentrieren. Der Lehrer stand der an der Tafel und versuchte verzweifelt, seinen Schülern die Übung zu erklären.

Allerdings war der ganze Raum nun von hauchdünnen Lichtfäden durchzogen. Die Luft schien zu glitzern und nicht nur diese.

Ich hatte recht. Die Lichter verdichteten sich an spezifischen Punkten.

Kein Zweifel: Die Vier waren Engel!

10

Lucifer

Wir hatten verschlafen.

Keine Ahnung, wie das passieren konnte. Tyler, Aiden, Lilith und ich hetzten durch die Gänge zu unserem Klassenraum. Wir belegten großteils dieselben Fächer, wobei Tyler mehr sportliche Kurse besuchte, Aiden und Lilith in diversen künstlerischen Fächern waren und ich mich im naturwissenschaftlichen und literarischen Bereich bewegte. Aber trotzdem waren wir die meiste Zeit zusammen.

Das war in diesem Moment aber vollkommen unwichtig. Tyler kam als Erster vor der Tür zum Klassenzimmer zum Stehen. Wir anderen stießen kurz darauf dazu. Er öffnete nun ganz entspannt die Tür und wir traten, einer nach dem anderen, ein, als wäre es das Normalste der Welt, dass wir zu spät kamen.

Der Professor war glücklicherweise noch nicht anwesend und wir nahmen unsere Plätze ein.

Genau in dem Moment trat Mr. Coben, unser Geografieprofessor, ein und begrüßte uns mit einem strahlenden Lächeln. *Was war mit dem los?*

In der Schule ging das Gerücht um, dass er etwas mit der neuen Bioprofessorin hatte, aber das war mir, ehrlich gesagt, ziemlich egal. *Sollen sie doch machen, was sie wollen!* Ich verstand nicht, warum sich die Menschen nicht einfach um ihren eigenen Kram kümmerten und die anderen in Frieden lassen konnten.

Die Stunde verging glücklicherweise relativ schnell. Sobald die Glocke läutete, verließen Aiden, Tyler, Lilith und ich den Raum und hasteten zum nächsten Unterricht.

An der letzten Ecke hielt uns Lilith jedoch zurück. Wir drei sahen sie fragend an.

Sie stieß japsend aus: „Alice! Alice ist mit uns in Geografie!" Da fiel mir auf, dass sie nervös wirkte und auch etwas hyperventilierte. Warum nur?

„Alles gut", versuchte Aiden sie zu beruhigen, aber sie schüttelte nur den Kopf. Sie wirkte wie in Panik. Nun schienen auch Aiden und Tyler unruhig zu werden. Natürlich ist meine Schwester eine sehr emotionale Person, dennoch war ihre Reaktion heftiger, als sie normalerweise ist.

Wir zogen sie noch weiter abseits der Masse und Aiden hielt sie beruhigend im Arm. Als sie sich wieder einigermaßen gefangen hatte, fragte Aiden nach.

„Ihre Augen", war alles, was sie sagte. Wir drei starrten sie fragend an. „Sie waren so leer und lebensmüde", flüsterte sie eine Erklärung, die uns nicht weniger verwirrte.

„Wie meinst du das?", hakte Aiden nach.

„Es war, als ob sie schon mehr erlebt hat, als die anderen Menschen in ihrem ganzen Leben. Als würde sie etwas mit sich tragen, das mit niemandem geteilt werden darf. Es war nur ein Wimpernschlag, aber diese Intensität..." Sie brach ab. Was auch immer sie genau gesehen hatte, es musste markerschütternd gewesen sein.

Wir schafften es noch gerade rechtzeitig zum Unterricht und der Lehrer kam gleich nach uns in den Raum.

In der darauffolgenden Stunde saß Alice neben mir, beachtete mich allerdings nicht, was ich ihr nicht verübeln konnte. Es schien, als ob sie einen Groll gegen Amelia hegte, was ich ebenfalls verstehen konnte. Ich versuchte, es nicht allzu persönlich zu nehmen, aber irgendwie tat mir ihre Ignoranz weh. Ich verstand nicht warum.

In den darauffolgenden Stunden war sie ebenfalls anwesend. Unglaublich für eine Quereinsteigerin. Aber sie hatte vermutlich ihr Stipendium nicht umsonst erhalten. Dieses kleine Detail hatte ich zufällig gehört, als sich einige der Lehrer im Gang unterhielten. Wie überaus interessant!

Auch am Nachmittag und am nächsten Vormittag war Alice im Großteil unserer Kurse. Wir mussten uns wohl damit abfinden, denn wir würden uns jetzt oft über den Weg laufen.

11

Alice

Es war Mittagszeit und ich traf mich mit meinen Freunden in der Mensa. Ich holte mir etwas zu essen und setzte mich mit ihnen an einen freien Tisch im hintersten Eck, von dem aus man aber eine gute Sicht über die große Halle hatte.

Da betrat meine Schwester den Raum.

Ich beobachtete, wie Amelia hoch erhobenen Hauptes auf ihren Stammtisch zuging, sich neben dem schwarzhaarigen Jungen auf den Sessel fallen ließ und zu plaudern anfing.

Als ich sie eine kurze Zeit lang intensiv beobachtet hatte, musste ich ein Lachen unterdrücken.

Es war offensichtlich, dass sie an ihm interessiert war. Ihm, im Gegenzug, schien sie völlig gleichgültig zu sein. Nicht nur, dass ich Mitte letzten Monats ihre Ehre verletzt hatte, was anscheinend immer noch an ihr nagte, der Typ, auf den sie stand, ließ sie, meinen Beobachtungen nach, auch regelmäßig abblitzen.

Ich bespitzelte sie weiterhin. Als ich merkte, dass Astra gerade nicht am Gespräch an unserem Tisch aktiv teilnahm, witterte ich meine Chance. Ich dachte, dass ich es nicht mehr aushalten würde, wenn ich keine Antwort auf die Frage, die die ganze Zeit in meinem Kopf herumgeisterte, erhalten würde.

„Wer sind diese Schüler, die bei Amelia sitzen?", fragte ich Astra und versuchte, die Frage so beiläufig wie möglich klingen zu lassen.

„Sie sind süß, nicht? Die beiden mit den schwarzen Haaren heißen Liliane und Lucas Black, der muskulösere der beiden anderen ist Tyler Elit und dann ist da noch Aiden Trevor. Aber Aiden ist mit Liliane zusammen, also fällt er raus", antwortete sie ganz aufgeregt. Sie wusste eindeutig bestens über sie Bescheid und hatte augenscheinlich nur auf die Möglichkeit gewartet, mir jegliche Details zu erläutern. Aber allein die

Tatsache, dass sie nur über diese Gruppe erzählte, fand ich bedenklich. Entweder schien sie gewusst zu haben, von wem ich redete, oder sie war einfach ein fanatisches Fangirl. Als ich so darüber nachdachte, wohl eher Zweiteres.

Die Gruppe war vor etwa zweieinhalb Jahren an die Schule gekommen. Anscheinend waren sie die perfekten Musterschüler; gute Noten, erstklassiges Verhalten. „Was kann man sich mehr wünschen?", hatte Astra gefragt. Abgesehen von ihrer offensichtlichen Beliebtheit in der Schule, waren sie alle sehr vermögend.

Während meine Freundin weiter erzählte, leuchteten ihre Augen. Es war unübersehbar, dass sie für die jungen Milliardäre schwärmte. Ihr Blick war sehnsüchtig auf unsere Mitschüler gerichtet.

Ich musste mir ein Lächeln verkneifen. *Wenn sie nur wüsste, was die Vier wirklich waren!*

Mein Blick glitt wieder zu den vier Engeln.

Amelia lehnte sich gerade weit zu Lucas hin. Mein Magen verkrampfte sich.

„Sind Amelia und dieser Lucas zusammen?", fragte ich aus reiner Neugierde. Eigentlich sah es größtenteils nicht so aus, aber es gibt verschiedene Arten von Beziehungen, daher weiß man ja nie.

Astra lachte auf. „Natürlich nicht! Wer würde denn gerne mit jemandem wie der zusammen sein wollen? Außerdem hat Lucas etwas Besseres verdient. Außerdem scheint sie auch gar nicht sein Typ zu sein. Jedes Mal, wenn sie versucht, ihm näherzukommen, blockt er ab. Ich meine, es wäre noch cooler, wenn er überhaupt mit jemandem ausgehen würde, aber man kann nicht alles haben", ließ sich meine Freundin über das unbeliebte Mädchen aus.

„Heißt das, dass er an keiner Beziehung interessiert ist?", fragte ich verwundert. Vielleicht habe ich ihn viel zu schnell in eine Schublade gesteckt. Ich hatte viel zu einseitig über ihn gedacht; klischeehaft, könnte man fast sagen.

Ich sah wieder zu den anderen hinüber und beobachtete, wie Lucas höflichst versuchte, Abstand zwischen ihm und der aufdringlichen Person neben ihm zu bringen.

Mein Magen entspannte sich wieder. *Warum ging mir das so nah?*

„Nein, ist er nicht", beantwortete Astra meine Frage, „Angeblich liegt es an einem Mädchen in seiner Vergangenheit. Er ist wohl nicht über sie hinweg. Muss anscheinend ein sehr besonderes Mädchen gewesen sein."

Ich sah Astra an. „Glaubst du, dass diese Geschichte der Wahrheit entspricht? Ich meine, von wem weißt du das? Doch nicht von Lucas?"

„Nö! Es ist ein Gerücht. Ich denke aber, dass möglicherweise etwas an der Geschichte dran ist. Ich meine, hier sind doch einige verschiedene Menschen. Ich glaube nicht, dass er einfach an niemandem Interesse haben kann."

„Vielleicht sucht er einfach nach der richtigen Person. Wer weiß?" Ich zuckte mit den Achseln.

Astra sah mich kurz konzentriert an. Dann meinte sie: „Könnte etwas dran sein. Wow! Du bist noch nicht einmal eine Woche hier Schülerin und schon hast du eine Idee geboren, von der unter Umständen bald vielleicht alle Mädchen der Schule sprechen werden."

Sie lächelte mich an und ich rang mir ebenfalls ein Lächeln ab.

Danach bat ich sie, mir alles zu erzählen, was sie über unsere vier Mitschüler noch wusste und ich versuchte, mich auf ihr Geplapper über relevante und irrelevante Fakten zu konzentrieren.

Mein Blick glitt jedoch immer wieder an den Tisch meiner Stiefschwester. Ich bemühte mich, sie nicht die ganze Zeit anzustarren.

Deshalb betrachtete ich die schweren Samtvorhänge an den Fenstern, die sachte im leichten Zug, der durch die Cafeteria blies, wehten und zählte die Risse in der jahrhundertealten Decke und bewunderte den Baustil.

Nach einiger Zeit gab ich es auf, meinen Blick unter Anstrengung abzuwenden, und gab dem Wunsch nach, die Engel zu mustern.

Mir fiel auf, wie unwohl sie sich fühlten. Ich konnte es beinahe körperlich spüren.

Plötzlich trafen sich Lucas' und mein Blick. Ich sah darin Verblüffen und eine unterschwellige Ruhe, die sofort auf mich überging.

Es faszinierte mich, wie er so viel Einfluss auf mich zu haben schien. Vielleicht hatte er eine Fähigkeit dazu. Ich hatte doch keine Ahnung.

Ich wand mich gemächlich ab. Er sollte nicht denken, dass es mir peinlich war, dass er mich erwischt hatte. Mir war nicht bewusst, warum es so schrecklich für manche Menschen war, beim Beobachten oder gar Starren erwischt zu werden, was im Falle von Lucas Black nicht verwerflich wäre.

Selbst in menschlicher Form strahlten Engel immer noch etwas Erhabenes und Übermenschliches aus. Es liegt in ihnen verankert. So etwas können sie nicht einfach abschalten. Es ist ein permanenter Teil ihrer selbst.

Astra war mit ihrem Vortrag gerade fertig geworden. Ich hatte etwa die Hälfte ihrer Inforationen nicht mitbekommen. Dennoch bedankte ich mich bei ihr.

Kurz darauf beendete ich mein Essen, verabschiedete mich von meinen Freunden und ging auf mein Zimmer.

Ich hatte jede Menge Stoff zum Nachdenken.

12

Lucifer

Wir warteten auf die Professorin. In der vergangenen Stunde meinte sie, wir würden einem wichtigen Vortrag beiwohnen. Worum genau es gehe, erläuterte sie uns allerdings nicht. Daher saßen wir nun ahnungslos auf unseren Plätzen und warteten, bis endlich etwas passierte.

Das Auditorium unserer Schule, welches für den Vortrag verwendet wurde, um möglichst viele Schüler und Schülerinnen unterzubringen, war mehr als überfüllt. Die Schüler saßen bereits auf den Treppen. Es war, als wäre die gesamte Schule erschienen. Dementsprechend war es stickig und der Raum heizte sich immer mehr auf.

Natürlich hatte der Saal nur kleine Fenster und die Belüftung kam nicht hinterher.

Ich sah mich um und erkannte einige der anderen Schüler, die in meinen Kursen saßen. Ich ließ meinen Blick weiter schweifen. Glücklicherweise hatte ich momentan die Ruhe, mich auf mein Umfeld zu konzentrieren. Nach meiner letzten Abfuhr hatte sich Amelia nun endlich eine Pause genommen, mich ständig zu belagern. Dadurch hatte ich viel mehr Freiheiten und wurde nicht andauernd angelabert.

Mein Blick blieb wieder einmal an Alice hängen. Ich hatte es mittlerweile aufgegeben, sie krampfhaft nicht anzusehen. Es war mir einfach nicht möglich.

Sie hatte ihr langes, haselnussbraunes Haar zu einem losen Dutt zusammengesteckt, was ihr, meiner Meinung nach, exzellent stand. Ihr Blick war nach unten gerichtet, weswegen ich ihre Augen nicht sehen konnte.

Sie schien abwesend. Astra Xenra und Bethany Eyot saßen bei ihr und sahen so aus, als wollten sie zu ihr durchdringen. Allerdings blieb das Mädchen reglos und ließ weiter den Kopf hängen. Was war nur los mit ihr?

Da erschien endlich unsere Biologie Professorin, Ms. Nolan zusammen mit dem Geografieprofessor, Mr. Coben.

„Guten Morgen allerseits, und schön, dass Sie hergefunden haben", begrüßte uns Ms. Nolan mit einem fröhlichen Lächeln.

Sie war an das Pult, dass mit einem Mikrofon ausgestatten war, getreten, damit sie jeder hören konnte.

„Heute", fuhr sie fort, „geht es um ein Thema, welches mir sehr viel bedeutet. Es freut unsere Institution sehr, diese Möglichkeit zur Arbeit mit einer der führenden Gesundheitsforschungsorganisationen bekommen zu haben. Es ist eine Ehre, mit einer so vielversprechenden Firma kooperieren zu können. Aber Sie fragen sich jetzt sicher: Wovon spricht die bitte?

Es geht um die Forschung, die, wenn sie Erfolg hat, die heutige Medizin revolutionieren wird und ich spreche von der vielversprechendsten Forschung jeher.

Es geht um ein Krebs-Forschungsunternehmen ..."

Während die Professorin sprach, haftete mein Blick nach wie vor an Alice. Sie hatte nicht einmal den Kopf gehoben, als die Lehrer hereingekommen waren. Ihr ganzer Körper schien träge und müde. Vielleicht hatte sie sich ja überanstrengt.

Plötzlich zuckte sie zusammen, den Blick auf einmal ganz starr auf den Bildschirm hinter der Lehrerin gerichtet. Ihre Augen waren aufgerissen, wie in Panik. Sie atmete sehr flach und starrte hinunter zu unserer Professorin. Es war wie eine Mischung aus Panik und Schock.

Was um alles in der Welt hatte sie so sehr verängstigt?

Ich blickte nach vorne. Im Gegensatz zu Alice war der ganze Raum von Jubel und Applaus erfüllt.

Ich sah an die Wand. Dort war ein riesiges Logo einer Firma zu sehen. „HPC." *Was bedeutete das?*

Als allmählich der Lärm abnahm, ergriff die Professorin wieder das Wort: „Eurer Reaktion zufolge, dürfte der Großteil von euch bereits von dem Projekt gehört haben. Aber damit alle etwas davon haben: ‚HPC' ist die Kurzform von ‚Health Pi Company'. Es gab bereits ähnliche Projekte, wobei dieses das verheißungsvollste aller ist. Inhaber der Einrichtung ist Drake Menowa. Ein Erfolg versprechender Harvard Absolvent."

Ein Bild des Mannes wurde groß auf die Wand projiziert. Irgendwie kam er mir seltsam bekannt vor, aber nicht auf die gute Art.

„Wie lang glauben Sie, wird dieses Projekt halten, bevor es sich selbst vernichtet? Zwei vielleicht drei Jahre?"

Alle waren schockiert ob der Frage. Ich sah mich um und entdeckte Alice.

Sie war aufgesprungen und fixierte die Professorin. Ihr Blick war durchdringend. Es war, als würde sie das ganze Thema persönlich belasten und als wären die Antworten für sie von ungemeiner Bedeutung.

Ms. Nolan wirkte etwas verdutzt. Sie hatte, so wie alle anderen, nicht mit einer derartigen Kritik gerechnet.

Als ich mich abermals umsah, erkannte ich den Direktor, der bei der Tür stand. Er wirkte so perplex wie alle anderen, allerdings lag auch etwas anderes darin. Er blickte zuerst die Wand und dann Alice an und es wirkte fast, als wäre er geschockt, sie hier zu sehen. Als Nächstes schlich sich Sorge in seine Augen. Alice schien irgendetwas mit „HPC" zu assoziieren und der Direktor wusste davon.

Währenddessen hatte Ms. Nolan ihre Stimme wiedergefunden und antwortete jetzt zögerlich: „Ähm … Was genau meinen Sie damit?"

Sie sah Alice direkt an und schien einerseits beschämt und andererseits auch sehr interessiert.

„Die letzte Firma dieser Organisation", führte Alice nun ihre Frage aus, „die ‚HOP', auch Health Omikron Company genannt, eröffnete vor zwölf Jahren. Zu der Zeit war ein gewisser Doktor Menowa der Chefarzt dieser Einrichtung. Knapp zwei Jahre danach ging das gesamte Labor in Flammen auf." Bei diesem Teil stockten ihre Worte. Es war, als würde ihr das gesamte Thema physische Schmerzen zufügen. „Also, hier noch einmal meine Frage: Wie lange glauben Sie, wird dieses Projekt halten?"

Die Professorin starrte sie unverwandt an. Sie war sprachlos.

„Entschuldigen Sie, falls meine Frage und Ausführung etwas schroff wirkten. Ich wollte Ihnen nicht das Gefühl geben, angegriffen zu werden oder Sie persönlich beleidigen zu wollen", schob Alice schnell nach.

Sie starrte wieder zu Boden und wirkte kleiner als gerade eben noch; als wäre ihr erst jetzt das Ausmaß ihrer Worte bewusst geworden. Irgendwie hatte ich den Drang, zu ihr zu gehen und sie in den Arm zu nehmen, aber ich blieb starr auf meinem Platz sitzen.

„Schon gut, Miss", winkte Ms. Nolan ab, „Aber woher wissen Sie von so einer Organisation? Ich habe noch nie von „HOC" gehört."

„Ich ... ähm ...", setzte Alice verunsichert an. Sie atmete tief durch und fuhr fort: „Nun ja. Ich komme aus London und in England gab es eben dieses Projekt mit demselben Ziel. Das Labor lag an der Grenze zu Wales in der Nähe von Bristol."

Es war, als wollte sie nun so wenig wie möglich sagen.

„Sehr interessant", erwiderte die Professorin. „Nun, Sie scheinen nicht wirklich erfreut über deren Arbeit und wirken auch nicht sehr empfänglich für das neue Projekt. Ihnen steht es frei, den Hörsaal zu verlassen, wenn Sie sich nicht wohl bei der Präsentation fühlen. Sie ist komplett freiwillig. Allerdings wird Ihnen dann die Möglichkeit der Kooperation mit der Firma verwehrt. Aber Sie scheinen dies eh nicht vorzuhaben."

Alice verbeugte sich leicht, als Zeichen der Dankbarkeit, nahm ihre Unterlagen und verließ ohne Umschweife den Raum.

Ms. Nolan entspannte sich wieder etwas und fuhr dann mit ihrer Präsentation fort.

Ich blickte wieder an die Wand und sah mir nun eindringlich das Bild des jungen Inhabers an. An wen...?

Plötzlich keuchte Lilith neben mir. Sie starrte das Bild beinahe genauso verschreckt an wie Alice gerade.

Ich stupste sie leicht an und wisperte in ihr Ohr: „Was ist los?"

Sie sah mich an. Nun wieder etwas gefasster und fragte flüsternd: „Das ist jetzt nicht der Drake, von dem ich denke, dass er es ist, oder?"

Sie meinte doch nicht…!? Ich sah mir nochmals das Foto an. Jetzt, da sie es gesagt hatte, wirkte es wirklich so, als wäre er es.

Tyler, der mit Aiden eine Reihe hinter uns saß, beugte sich zu uns herunter. „Worüber redet ihr?", fragte er genauso flüsternd.

Lilith erzählte ihm knapp über unsere Vermutung. Als er fertig zugehört hatte, wandte er sich sofort Aiden zu, um ihm davon zu erzählen.

Ich versank währenddessen in wilden Vermutungen. *Was zum Henker machte er auf der Erde?*

Der Drake, den wir meinen, war die rechte Hand von Satan. Jup, der Satan wie in: der Herr der Unterwelt. Natürlich war dessen Existenz nicht genau so, wie die Menschen es hinbiegen mögen, allerdings kam manches dem sehr nahe.

Den Rest der Vorlesung bekam ich überhaupt nicht mit und genauso wenig merkte ich, wie schnell die Zeit vergangen war. Erst als sich der Großteil der Schüler zu den Ausgängen drängte, erwachte ich aus meiner Trance.

Als ich zu den anderen sah, merkte ich, dass ich nicht der Einzige war, der alles verpasst hatte. Aber wie auch? Wenn sich unsere Befürchtungen bestätigten, dann bedeutete das, dass die Sicherheit aller Lebewesen, ob sterblich oder unsterblich, auf dem Spiel stand. Außerdem musste es einen guten Grund dafür geben, weshalb Drake überhaupt auf der Erde war.

Als sich der Saal allmählich zur Gänze leerte, verließen wir nun auch das Auditorium.

Der Unterricht war wegen des Vortrags ausgefallen. Trotzdem konnten wir uns nicht wirklich darüber freuen. Es war, als hänge eine tiefschwarze Wolke über unseren Köpfen, und sie schien nicht verschwinden zu wollen.

13

Alice

Noch immer schwer atmend, betrat ich mein Zimmer. Ich fiel sofort auf mein Bett und rührte mich nicht mehr.

In meinem Kopf war ein wildes Durcheinander. *Aber es spielte keine Rolle.*

Nichts spielte mehr eine Rolle.

Ich war wie paralysiert. Ich konnte mich nicht mehr bewegen, nichts mehr fühlen und mich überkam eine ungeheure Leere.

Für ein paar Minuten hätte man mich für tot halten können. Ich hatte teilweise das Gefühl, ich würde nicht mehr atmen und mein Herz nicht mehr schlagen.

Möglicherweise war ich auch für einen oder zwei Momente tot, wer weiß?

Ich bin mir nicht sicher, wie lange ich so da gelegen war. Es hätten Sekunden, Minuten, Stunden oder auch Tage sein können. Da mein Gesicht mit der Decke beinahe verschmolzen war, konnte ich nicht einmal sagen, ob es Tag oder Nacht war. Zeit hatte etwas Relatives in diesem Zustand.

Ich hätte wahrscheinlich ewig so bleiben können.

Plötzlich hörte ich ein leises Klopfen. Ich war mir nicht sicher, ob ich mich verhört hatte, weswegen ich einfach liegen blieb. Als hätte ich überhaupt die Kraft gehabt, aufzustehen!

Dann hörte ich es nochmals. Diesmal etwas lauter.

„Vergiss es, Beth! Sie ist nicht hier." Das war Astras Stimme. Ich hatte mich doch nicht verhört.

Innerlich flehte ich Beth an, auf Astra zu hören.

Ich wollte sie gerade nicht sehen. Ich wollte niemanden sehen.

„Wo soll sie sonst sein? Alle anderen Orte haben wir schon abgesucht. Ich will doch nur wissen, wie es ihr geht." Beths Stimme zitterte. Es lag große Sorge darin.

Worum sorgte sie sich nur?

Ich hatte schon wieder vergessen, weshalb die beiden da waren. War etwas geschehen?

Ich war immer noch bewegungsunfähig, meine Gedanken waren immer noch leer und ich fühlte immer noch nichts. *Warum wollte ich unbedingt etwas fühlen?*

Vor meinen Augen erschien das Bild eines Mannes. Er war etwa Ende Zwanzig, braunhaarig und hatte einen Dreitagebart. Seine Augen waren aschgrau und sein Gesicht sehr markant. Wer war das?

Mein Blut schien schneller in meinen Adern zu fließen und ich begann zu hyperventilieren.

Ich sah nur das Bild vor Augen, aber dachte nichts weiter. Da war nichts anderes.

In rasender Geschwindigkeit wurde mir eiskalt und dann wieder brühend heiß. Was war das?

War das etwas, was ich fühlen sollte?

Aus irgendeinem Grund schien dieser Mann seltsame Reaktionen in meinem Körper auszulösen. *Aber warum?*

Und wer bin ich überhaupt?

Auf einmal verzog sich der schwere Rauch, der meine Sinne benebelt zu haben schien. Ich spürte Tränen meine Wangen herunterfließen und lag auch nicht mehr auf meinem Bauch, sondern in jemandes Armen.

Mein Blick klarte auf. Astra stand mit gehetztem Blick vor mir. Ihre Augen waren weit aufgerissen und sie hielt meine Hände.

„ALICE!", schrie sie beinahe. Der schrille Ton hallte in meinen Ohren nach.

Ich drehte meinen Kopf und sah Beth.

Sie war käseweiß und sah noch schlimmer als Astra aus. Sie zog mich enger an sich und schluchzte. Auch sie schien geweint zu haben.

Ich sah wieder zu Astra und fragte, was geschehen sei.

„Wir haben dich überall gesucht, aber nirgends gefunden", antwortete sie. „Nachdem du den Hörsaal verlassen hattest, haben wir uns Sorgen gemacht. Also sind wir nicht mehr lange geblieben. Als wir dich nicht fanden, sind wir noch einmal hierhergekommen und da die Tür nicht abgeschlossen war, sind wir hereingekommen." Sie brach ab.

Ich konnte mich an die Vorlesung erinnern. Nun fiel mir auch wieder ein, warum ich gerade noch eine Panikattacke hatte. Es ergab wieder alles einen Sinn.

Ich war aus der Vorlesung gestürmt, nachdem ich die Professorin konfrontiert hatte. Die Präsentation über das Projekt der HPC. Drake Menowa, der die ganze Firma leitete. Alles war wieder da.

Das erklärte aber immer noch nicht, warum die beiden so durch den Wind waren.

„Ihr beiden seht aus, als hättet ihr einen Geist gesehen", meinte ich träge. Es war nicht wirklich ein Scherz, immerhin war es theoretisch möglich und so, stellte ich mir vor, würde ein normaler Mensch wirklich reagieren.

„Ist das dein Ernst?", fuhr mich plötzlich Beth an. „Wir dachten, du wärst tot!"

„Wa…?"

„Du hast nicht mehr geatmet und wir haben deinen Puls nicht gefunden!"

Ich war also wirklich für einen Moment tot gewesen.

Diese Tatsache schockierte mich nicht einmal. Ich nahm es einfach hin. *Ich war tot gewesen.*

Es war für mich, als wäre das völlig normal.

Mich schockierte mehr, dass Drake Menowa noch lebte. *Wie hatte er das Feuer und die Explosion damals überlebt?* Er war doch dabei gewesen. Allerdings war das ganze Labor seltsam und er war der leitende Arzt gewesen. Vielleicht war er einer von denen; einer von diesen fürchterlichen Kreaturen, ein Dämon!

Mich beschlich ein ungutes Gefühl.

„SAG DOCH WAS!", schrie mich Beth beinahe an. „Was um Himmels willen ist geschehen?!"

Ich hatte komplett vergessen, dass die beiden bei mir waren.

„Ich… Ähm…", stotterte ich. *Wie sollte ich ihnen die Situation, in der ich mich befunden hatte, schonend beibringen, ohne dass sie mich für durchgeknallt hielten?*

Ja, ähm… also dieser vermeintliche Doktor ist in Wahrheit ein Psychopath, der vorgibt, Krebs heilen zu wollen, aber eigentlich diffuse Experimente an Menschen durchführt. Außerdem ist er seit zehn Jahren nicht gealtert und hat eine Explosion überlebt. Oh, und ich bin durch die Experimente zu einem Wolfsmensch geworden. Also macht euch keine Sorgen.

Klingt sehr einleuchtend, nicht?

Astra kam zu uns und umarmte mich. „Sorry!", sagte sie ruhig, ohne mich loszulassen, „Wir waren nur beide in Sorge und hatten eine leichte Panik."

„Ich verstehe. Hätte ich vermutlich auch", antwortete ich.

Sie ließ mich los und setzte sich auf meine andere Seite. „Es tut mir leid!", entschuldigte ich mich und setzte mich auf.

„Wofür entschuldigst du dich?", fragte Beth entgeistert, „Ist ja nicht deine Schuld, dass wir nicht gründlich nachgeprüft haben. Aber was um alles in der Welt war mit dir los? Du bist praktisch aus dem Hörsaal gestürmt."

Denk Alice, denk!

„Ich weiß nicht genau, wie ich es erklären soll, ohne dass ihr mich für verrückt haltet", gestand ich.

„Werden wir nicht! Ehrenwort!", deklarierte Astra mit einer Hand, wie zum Schwur erhoben.

Ich lachte leicht.

„Nun, es ist so: Als ich etwa sechs Jahre alt war, kam mir erstmals die Firma „HOC" unter. So wie „HPC" versprach sie, eine Krebs-Heilstätte zu sein und eröffnete ein Labor unweit von Bristol in England. Es war weit abseits jeglicher Zivilisation. Sie baten per Propaganda nach freiwilligen Testpersonen, die bereits an Krebs erkrankt waren und denen nicht mehr zu helfen war.

Eigentlich hört sich das doch gar nicht so schlecht an. Auch meine Stiefmutter dachte so. Mein Vater war auf einer Geschäftsreise und wir wussten nicht, wann er zurückkommen würde. Kleine Rand-Info: Meine Stiefmutter hatte mich gehasst."

„Dämliche Stiefmutter!", echauffierte sich Astra und Beth wollte wissen, was das Ganze mit dieser furchtbaren Frau zu tun hatte.

Deshalb setzte ich meine Erzählung schnell fort: „Meine Stiefmutter sah also die Ausschreibung. Die Firma suchte theoretisch nach verlorenen Seelen, für die es keine Hoffnungen mehr gab und in ihren Augen war ich die perfekte Kandidatin dafür.

Kurz darauf wurde ich ohne Umschweife in dieses Labor gebracht und, auch mit keinerlei Anzeichen für Krebs, schien ich die perfekte Kandidatin für die Forschung zu sein.

Kurzgefasst: Ich verbrachte knapp ein Jahr dort, bis ich die Einrichtung endlich verlassen hatte."

Mehr brauchten sie nicht zu wissen. Eigentlich war das schon zu viel, aber es tat gut, es endlich jemandem zu erzählen; wenn auch nur einen Bruchteil der Erfahrungen, die ich gemacht hatte.

„Du verbrachtest ein Jahr in dieser Anstalt?", fragte Astra ungläubig.

„Von deinem sechsten Lebensjahr an?", setzte Beth hinzu. Ich nickte nur.

Sie schienen zu merken, dass ich nicht darüber reden wollte, und umarmten mich. „Falls irgendetwas ist, sind wir für dich da", versprach mir Beth.

„Danke", flüsterte ich.

Nach einiger Zeit ließen sie mich los.

„Nun! Ich weiß nicht, wie es euch geht, aber ich habe heute noch nichts gegessen und habe einen Mordshunger. Glaubst du, du bist in der Verfassung, das Zimmer schon zu verlassen, Alice?", fragte Astra.

„Klar! Gehen wir!", antwortete ich und nachdem ich noch kurz im Bad war, um nicht vollkommen wie ein Zombie auszusehen, gingen wir hinaus, um etwas frische Luft zu tanken.

14

Lucifer

Den Nachmittag verbrachten wir schweigend in der Sonne. Amelia ließ mich immer noch in Ruhe, worüber ich mehr als erleichtert war. In der momentanen Situation wäre es mir wahrscheinlich unmöglich gewesen, höflich und nett zu ihr zu sein.

Seit Ende der Präsentation saßen wir nun unter der großen Eiche, etwas abseits der weitreichenden Wiese, die häufig zu hobbymäßigen, sportlichen Aktivitäten verwendet wurde. Wir hatten nicht einmal etwas gegessen und, ehrlich gesagt, war der Appetit schon längst auf Urlaub. Ohne unseren Wimpernschlägen hätte man beinahe glauben können, wir wären erstarrt.

Plötzlich erregte etwas in meinem linken Augenwinkel mein Interesse. Ich drehte meinen Kopf etwas in die Richtung und erkannte Alice. Bethany, Astra und sie verließen gerade die Mensa durch eine der großen Terrassentüren die heute, wegen des schönen Wetters, geöffnet waren.

Alice sah nun viel entspannter aus, als noch heute Morgen. Erst in diesem Moment merkte ich, wie sehr ich mich um sie gesorgt hatte.

Es war zum Verrücktwerden. Wir kannten uns nicht, geschweige denn, hatten wir ein Wort gewechselt. *Also warum schien sie mir so wichtig zu sein?*

Liebe auf den ersten Blick gibt es nicht. Dieser Irrglaube der Menschen ist einfach töricht. Außerdem hatte es damals auch einiges an Zeit gedauert, bis Ally mir so sehr ans Herz gewachsen war, dass ich nicht mehr ohne sie konnte.

Als wir das erste Mal auf der Erde gelandeten waren, hatte ich Monate gebraucht, um überhaupt damit zurechtzukommen, sie nicht jeden Tag sehen zu können. Ich war teilweise tagelang nicht ansprechbar und das war auch die Zeit, in der ich Aiden erstmals von Ally erzählte. Seit dieser Zeit war es besser geworden, aber ich hatte immer noch Phasen, in denen ich der Vergangenheit so sehr nachhing, dass ich genauso gut einfach abwesend hätte sein können.

Wie dem auch sei. Es freute mich (auch wenn ich nicht genau wusste, wieso), dass Alice wohlauf und wieder lebendiger war.

Ihre Freundinnen und Sie gingen zum Waldesrand und waren kurz darauf, munter plaudernd, darin verschwunden.

Es war wie unsere damalige Begegnung am Waldweg. Ihre Präsenz schien mir Leben einzuhauchen und ab dem Moment, in dem sie nicht mehr in der Nähe war, breitete sich eine kalte Leere in mir aus.

Ich atmete einmal tief durch. Dann sah ich zu meinen Freunden. Sie alle lagen oder saßen immer noch reglos da. Einige der anderen Schüler sahen ab und an verstohlen zu uns herüber. Es war nicht sonderlich verwunderlich, aber trotzdem etwas nervig.

„Also...", durchbrach ich das langanhaltende Schweigen. Ich fand es an der Zeit, dass wir nun endlich wieder zum Leben erwachen sollten, bevor einer der anderen Schüler auf die Idee käme, zu uns zu kommen, und wir möglicherweise, wegen unserer Gedankenversunkenheit, seltsam reagieren würden.

„Wie sollen wir vorgehen?" Ich stellte die Frage einfach Mal in den Raum. In solchen Situationen ticken wir alle gleich: erste Phase: geschockt, zweite Phase: ein paar apokalyptische Überlegungen, dritte Phase: logische Auffassung und zuletzt Problemlösungsansätze. Da bereits so viel Zeit vergangen war, war ich mir sicher, dass alle bereits bei Letzterem waren.

Sie sahen mich alle synchron an, was, ehrlich gesagt, etwas unheimlich war. Gleichzeitig konnte ich es in ihren Köpfen arbeiten sehen. Wir hatten alle natürlich nicht erwartet, jemandem wie Drake zu begegnen und eigentlich ging es uns auch nichts mehr an. Allerdings kam dann das verdammte Verantwortungsbewusstsein dazwischen. In Liliths und meinem Fall war es sogar noch extremer. Ich meine, die Menschen sehen uns als Ausgeburten der Hölle, weil wir schon früher einmal des Herren Wort hinterfragt hatten. Stattdessen wurden Marionetten wie Gabriel als Helden gefeiert. Das versteht man wohl unter

„die Sieger schreiben die Geschichte", beziehungsweise die, die mehr Macht besitzen. Die Welt ist einfach nicht gerecht.

„Wir müssen auf jeden Fall mehr Informationen sammeln", antwortete Aiden nach einer Ewigkeit auf meine Frage. „Allerdings wäre es keine gute Idee, an der Kooperation teilzunehmen." Damit hatte er recht. Wir waren zwar nicht in unserer normalen Gestalt dort, aber trotzdem ist es immer schwierig, sich vor einer mächtigen Person zu verstecken. Jeder Engel, egal ob rein oder gefallen, manifestiert Energie in Form von Licht. Menschliche Augen können es nicht sehen, wir, die damit aufgewachsen sind, aber schon.

„Ich stimme Aiden zu", meldete sich Tyler zu Wort.

Lilith sah in Richtung Wald. Nach kurzer Zeit wandte sie sich uns wieder zu und sagte: „Es gäbe eine Person, die uns möglicherweise weiterhelfen könnte. Allerdings…" Sie ließ den Satz so stehen, da es nicht nötig war, mehr zu sagen. Wir alle wussten, wen sie meinte, und uns war ebenfalls bewusst, dass sie keine Option war: Einerseits, weil wir sie nicht noch tiefer in die Eskapade hineinziehen wollten, andererseits aber das Hauptproblem darin bestand, dass sie niemals freiwillig mit uns kooperieren würde.

„Dann müssen wir wohl auf die menschlichen Methoden zurückgreifen." Tyler hatte sich lässig an den Baumstamm gelehnt und befand sich nun wieder vollkommen in der „Cool-Kid"- Haltung. Über die Zeit hatten wir alle gewisse Rollen eingenommen, um uns besser einzugliedern und konnten uns sehr gut verstellen, aber Tyler schlug uns drei um Längen.

In der Schule war er manchmal das größte Arschloch, aber in Wahrheit ist er unglaublich hilfsbereit und nett. Manchmal musste ich mich daran erinnern, dass das alles nur eine Fassade war – und sie wirkte. Er wurde gut behandelt und gleichzeitig war ihm gegenüber niemand aufdringlich.

Ich beneidete ihn wirklich.

„Also gut", reagierte Aiden nun auf Tyler, „Wir sollten so schnell wie möglich damit anfangen unseren Plan in die Tat umzusetzen."

Daraufhin planten wir unsere nächsten Schritte.

Wir hatten vor, uns in das System von „HPC" einzuhacken, um so mehr zu erfahren. Tyler hatte sich schon seit unserer Ankunft für die heutige Technik, insbesondere das Internet, interessiert. Es war ihm deutlich anzusehen, wie sehr es ihn freute, seine erworbenen Fähigkeiten wirklich nutzen zu dürfen.

Nach einer halben Stunde hatten wir uns auf einen Weg geeinigt. Was die Resultate zu all diesem Brainstorming sein würden, würden wir am Sonntag erfahren.

15

Alice

Der Nachmittag war mehr als erfrischend gewesen.

Beth, Astra und ich hatten nach dem Essen einen Spaziergang unternommen. Dabei waren wir an einem kleinen See vorbeigekommen, bei dem ein wunderschöner, eiserner Pavillon stand. Beth hatte mir erzählt, dass dieser zwar erst viel später als das Schulhaus entstanden war, allerdings doch schon als antik galt. Er war eine wundervolle Handarbeit mit unglaublich viel Raffinesse. Der Erbauer dieses Kunstwerkes hatte einen Blick fürs Detail gehabt. Das ganze Konstrukt war wahrlich ein Meisterwerk.

Aufgrund meiner Bewunderung hatten wir viel Zeit beim Pavillon verbracht, wofür ich mich im Nachhinein mehrfach bei meinen Begleiterinnen entschuldigt hatte. Diese hatten die Situation allerdings nicht so tragisch gesehen. „Als ich Beth damals zum ersten Mal hergebracht habe, sind wir den ganzen Tag hier festgesteckt. Sie konnte sich gar nicht an dem Ding sattsehen", hatte Astra eingewandt, während Beth etwas verlegen geworden war. Ich hatte nur ein wenig gekichert und gemeint, dass ich dies völlig nachvollziehen könnte.

Danach waren wir noch an einem kleinen Friedhof mit einer Kapelle vorbeigekommen, bei dem Bethany sofort etwas schneller geworden war, vermutlich weil sie sich davor gruselte. Astra und ich hatten uns das Lachen nicht verkneifen können, woraufhin Beth die Nase gerümpft und trotzig gesagt hatte, dass wir eines Tages durch unsere Unbekümmertheit noch in Schwierigkeiten geraten würden. Diese Aussage hatte allerdings unseren beinahe endenden Lachkrampf erneut entfacht.

Beth war einfach viel zu schreckhaft. Dass eine logische Person wie sie Angst vor dem Übernatürlichen hatte, wunderte mich allerdings. Ich hoffte allerdings sehr, dass sie keinen Anlass dazu gehabt hatte, die Furcht zu spüren. Damit meine ich, dass sie hoffentlich noch keinem übernatürlichen Wesen wissentlich begegnet war.

Diese Gedanken hatten mich mich wieder beruhigen lassen.

Wir waren dann noch etwas herumgelaufen, bis es dunkel wurde und wir uns auf den Weg zurück ins Wohnheim machten.

Dieser Tag war eine wunderschöne Abwechslung gewesen. Ich war den beiden sehr dankbar für alles, was sie für mich getan hatten.

Sie hatten mich in ihrem Kreis aufgenommen und akzeptiert. Ich hatte so viel über meine Freunde gelernt und fühlte mich geehrt, dass sie mich aufgenommen hatten.

Die nächsten Tage vergingen ohne weitere größere Ereignisse. Also ging ich wie immer meiner Routine nach. Um 5:30 stand ich auf und machte mich fertig zum Joggen; um 6:30 kam ich wieder zurück, ging duschen und zog mich für den Schultag an; um 7:15 begab ich mich zum Frühstück, zu dem die anderen innerhalb der nächsten 15 Minuten dazu stießen und um 8:15 begann dann der Unterricht.

Ich hatte mich mittlerweile an den Schulalltag gewöhnt. Allerdings kam ich immer noch nicht dahinter, warum ich mich so für Lucas interessierte. Ich schaffte es mittlerweile, ihn nicht mehr jede Stunde anzustarren und in den Stunden, in denen ich neben ihm saß, konnte ich mich nun auch wieder konzentrieren.

Die Biologiestunden durfte ich die Woche ausfallen lassen. Auch wenn es ein eigenes Projekt gab, war „HPC" doch momentan das Thema des Unterrichts. Aber aufgrund meiner Reaktion hatte mir die Professorin freigegeben.

Sie war sehr jung und ich hoffte inständig, dass sie nach meinem Ausbruch nicht allzu verletzt war. Dass sie keine Berufserfahrung hatte, war ihr anzusehen, aber sie war sehr intelligent und eine gute Lehrerin.

Ich entschied mich trotz allem, dem Unterricht beizuwohnen, was Ms. Nolan mehr als überraschte. Vor der Einheit erklärte ich ihr, dass es mich nur überrascht hatte, was sie sichtlich erleichterte. Anscheinend hatte es sie wirklich getroffen.

Da dies geklärt war, konnte ich nun in Ruhe dem Unterricht folgen. Auch wenn die Professorin keine Angst davor hatte, dass ich nochmals eine Szene machte, hielt sie es doch für sicherer, mich nicht aufzurufen. Augenscheinlich fühlte sie sich geehrt, dass ich trotz meiner Abneigung den momentanen Unterricht besuchte.

Im Grunde hatte sich nichts an den Fassaden von „H – wie auch immer es gerade hieß – C" geändert. Dieselben Sprüche, dieselben Versprechen... *Hatten sie keine neuen Ideen?*

Anscheinend wusste diesmal aber niemand, wo sich die Laboratorien befanden. Wie schade.

Leider musste ich feststellen, dass die Unterrichtseinheiten vollkommene Zeitverschwendung waren.

Ich entschied mich, in der Nacht von Sonntag auf Montag in die Bibliothek zu schleichen, um vielleicht online mehr herauszufinden. Ich verwendete die Schulcomputer, um nicht nachverfolgt werden zu können. Es brauchte doch niemand von meinem Vorhaben zu wissen.

In der Woche war mir aufgefallen, dass ich nicht die Einzige war, die etwas an der Firma auszusetzen hatte. Auch Aiden, Tyler, Liliane und Lucas betrachteten das Thema zu meiner Überraschung sehr kritisch. Wobei,... so überrascht war ich auch nicht. Aufgrund ihrer Herkunft konnte es sehr gut sein, dass sie Drake Menowa persönlich kannten. Allerdings war mir ihr Part in der Geschichte noch nicht vollkommen klar.

Taten sie nur so? Wussten sie von den Vorkommnissen? Ich war mir sehr unsicher, was ich denken sollte.

Aber ich durfte mir keine allzu großen Gedanken machen. Am Sonntag würde ich mehr wissen. Da war ich mir sicher.

16

Lucifer

Wir gingen in die Bibliothek. Es war etwa ein Uhr in der Früh. Niemand würde um diese Zeit noch wach sein.

Tyler startete einen der Computer. Es dauerte eine gefühlte Ewigkeit, bis er hochgefahren war.

Als endlich ein Bild erschien, verlor Tyler keine Zeit. Er ging ins Web und kurz darauf hatten wir schon die ersten Ergebnisse unserer Suche. Die Seite der Firma war wie jede andere. Überall betonte sie, wie gut die Arbeit der Firma war.

Krebsforschung als Deckung zu nehmen, war sehr dreist. Mein Freund schloss die Seite wieder und klickte noch einige andere an. Wie bei der ersten wurde nur auf die Gemeinnützigkeit hingewiesen.

Tyler ging wieder zurück zu der Website der „Heal Pi Company" und machte sich an die Arbeit. Nach etwa zehn bis zwanzig Minuten hatte er endlich eine Hintertür in das System ausgemacht. Hätte ein Mensch danach gesucht, hätte es ihn vermutlich Tage gekostet, an diese Informationen zu kommen.

Nun standen wir vor einem weiteren Problem. Er musste die Firewall des Systems umgehen und sich einschleusen, ohne aufzufallen.

Das System war komplexer als gedacht. Tyler saß bereits eine halbe Stunde daran, als auf einmal hinter uns eine Stimme zu hören war.

„Was, um alles in der Welt, macht ihr da?" Die Stimme kam mir bekannt vor. In der nächsten Sekunde fuhr ich herum, nur um Alice zu sehen, die an einem der massiven Bücherregale lehnte. Ihre Arme waren vor ihrer Brust verschränkt.

Ihre Augen funkelten amüsiert und eine leichte Selbstgefälligkeit lag darin. Sie hatte uns erwischt und könnte es unverzüglich melden und das wusste sie. Sie konnte uns aus irgendeinem Grund nicht ausstehen. Vielleicht lag es daran, dass wir mit Amelia „befreundet" waren oder weil sie uns einfach unsympathisch fand. Man wusste es nicht.

Sie kam langsam auf uns zu. Auch die anderen beobachteten den Neuling eindringlich.

Alice ging an Aiden, Lilith und mir vorbei und sah auf den Bildschirm. Tyler hatte den Tab mit den Daten versteckt.

Nachdem sie ein paar Tasten gedrückt hatte, erschien das Tab wieder.

Tyler sog scharf Luft ein und wir anderen versuchten unsere Überraschung zu verbergen. Niemand hatte gewusst, dass sie sich mindestens genauso gut mit Technik auskannte, wie Tyler.

„Hmm!", kam von Alice. Sie musterte den Bildschirm eingehend. Danach trat sie einen Schritt zurück und stellte sich so, dass sie uns alle ansehen konnte. Ihre Miene gab nichts preis.

Dann sprach sie: „Ihr wisst, dass ich das dem Direktor melden muss." Sie machte eine kurze Pause und wir hielten den Atem an. Uns war allen klar, was passieren würde, wenn der Direktor davon erfahren würde. „Aber ich bin keine Petze. Außerdem...", setzte sie fort und ein verschmitztes Lächeln breitete sich auf ihrem Gesicht aus, „kann ich die Firma sowieso nicht leiden. Wenn ihr irgendwelche schmutzigen Details finden würdet, würde ich mich tatsächlich freuen."

Dass sie so unterstützend reagieren würde, hatte niemand von uns geahnt und so war allgemeines Aufatmen zu hören.

Nach ihren Auseinandersetzungen mit Amelia und ihrem scheinbarem Hintergrundwissen zur ‚HPC', war es sicher keine gute Idee sich mit ihr anzufeinden.

Aber wir waren doch etwas verwirrt von ihrem überraschenden Gefühlsumschwung. Bis dahin war sie immer so abweisend und kalt uns gegenüber gewesen.

Sie sah zu Tyler.

„Wolltest du dich nicht gerade in ihr System hacken?", fragte Alice beiläufig, als würden sie über Schulkram sprechen und nicht um mittlerweile kurz nach zwei Uhr in der Früh in ein Hightech-System einbrechen.

Alice sah Tyler immer noch fragend an. Da fand er seine Stimme wieder.

„Ähm ... Ja!", stammelte er. Danach machte er sich wieder an die Arbeit.

„Also-... Du wirst uns nicht verpetzten?", fragte Lilith vorsichtig.

„Warum sollte ich?", wollte Alice wissen, „Mir würde es nichts bringen, euch zu verpfeifen. Wir haben ja keine Probleme miteinander, oder so. Außerdem, ich gebe es nicht gerne zu, aber ich habe euch beobachtet. Ich kann Amelia Oblo-Nex nicht leiden. Aber ihr scheint auch nicht begeistert zu sein, mit ihr festzustecken."

Sie sagte den vollen Namen unserer Mitschülerin triefend vor Sarkasmus und voller Wut.

Alice lächelte uns strahlend an. Es war jedoch kein vollkommenes Lächeln. Ihre Augen blieben davon unberührt.

Sie ging zu Tyler hinüber und lugte über seine Schulter auf das Display. Er war immer noch nicht weitergekommen. Langsam bekam ich das Gefühl, dass es sinnlos war, weiterzumachen, und Tyler schien das ähnlich zu sehen.

Er schlug mit einer Hand auf den Tisch und fluchte. Alice kicherte. Tyler drehte sich um und warf ihr einen fragenden Blick zu.

Alice richtete sich wieder auf und deutete ihm, Platz zu machen.

Kurz zog Tyler eine Augenbraue hoch, stand jedoch auf und kam zu uns. Alice schnappte sich sofort den frei gewordenen Stuhl und begann eifrig zu tippen.

„Können wir ihr wirklich trauen?", fragte Tyler leise.

„Ich weiß es nicht", gestand Lilith, ebenfalls flüsternd.

„Vielleicht haben wir sie komplett falsch eingeschätzt und sie hat sich uns gegenüber nur so verhalten, weil wir ihr zum Großteil mit Oblo-Nex über den Weg gelaufen sind", vermutete Aiden.

Ich zuckte mit den Schultern.

Da kam plötzlich von Alice eine Meldung. „Bin drin!", jubelte sie.

Tyler stürzte sofort zu ihr und sah den Bildschirm mit großen Augen an.

„Wie…?“, fragte er verdattert. „Ich habe über eine halbe Stunde daran gesessen.“ Das sollte etwas heißen, aber das durfte Alice natürlich nicht wissen.

Wir anderen kamen auch zu dem Computer und stellten uns so, dass alle einen guten Blick auf die Daten hatten.

Alice scrollte durch die Datenbank. Zuerst waren organisatorische Dinge, wie Gehälter, Mitarbeiter, Arbeitszeiten, etc. aufgelistet.

Als wir weiter hinunterkamen, kamen immer interessantere Informationen.

Nach einer tiefergehenden Suche fanden wir endlich etwas, das uns weiterhalf: einen Ordner mit der Betitelung „Forschungsergebnisse“. *Bingo!*

Alice überbrückte die Sicherheitssperre und öffnete den Ordner und gleich darauf das erste File.

Was wir fanden, war im höchsten Maße beunruhigend.

17

Alice

Meine Augen leuchteten bei den Beweisen, die zu finden waren. Während der Großteil der Datenbank auf Englisch geschrieben war, war dieser Ordner durchmischt zwischen Englisch und einer Sprache, die es auf Erden nicht gab.

Mein Mund verzog sich zu einem leichten Lächeln, welches sofort wieder verschwand. Meine Zeitgenossen sollten nicht herausfinden, dass ich die Sprache auch lesen konnte.

Es war die Sprache der „Göttlichen". Die Sprache, die Dämonen und Engel verwendeten. Mein bester Freund hatte sie mir früher, als wir uns noch getroffen hatten, beigebracht, bevor er mich verlassen hatte.

Ich hörte von hinten ein leichtes Luftschnappen. Meine Gedanken widmeten sich wieder unserer Entdeckung.

Das Erste war eine Auflistung von Präparaten und Mixturen und ihre Auswirkungen auf den „Patienten". Einiges kam mir bekannt vor: Feuerdämonenblut, Schuppe der Hydra, Feder eines wahrhaftigen Engels, Wasser aus dem Fluss der Seelen und einiges mehr.

Dennoch gab es vieles, von dem ich noch nie etwas gehört hatte. Mir fiel auf, dass, im Gegensatz zu dem, was mir injiziert wurde, im neuen Projekt viel mehr Zutaten aus der „Hölle" verwendet wurden.

Ich sah weiter durch den Ordner und entdeckte ein File mit dem Namen „Testreihe und Fortschritt".

Mir lief es eisig den Rücken hinunter und ich hoffte, dass die anderen es nicht merkten.

„Unglaublich!", zischte Tyler, der rechts von mir stand.

Ich wusste, dass sie es ebenfalls lesen konnten. Sie hatten so etwas vermutlich noch nicht gesehen. Ich spürte, wie sich die ganze Stimmung noch mehr anspannte: einerseits wegen der gefundenen Daten und andererseits möglicherweise, weil die Devise der Göttlichen war, sich niemals Sterblichen zu offenbaren.

Meine Anwesenheit musste für sie störend sein. Immerhin dürfte ich dies eigentlich nicht sehen, aber das war mir egal. Sollten sie doch denken, was sie wollten. Ich wusste besser Bescheid, als ihnen klar war, und mit großer Wahrscheinlichkeit hatte ich in Bezug auf diese Daten mehr Ahnung als sie.

Ihrer Reaktion zufolge hatten sie nichts von den „Untersuchungen" gewusst. Sie wirkten angewidert und entsetzt.

Ein warmes Gefühl breitete sich in mir aus. Anscheinend waren diese Engel nicht so skrupellos. *Sie waren wohl wie…!*

Ich konnte den Gedanken nicht zu Ende denken. Es tat weh, weil es mich daran erinnerte, was ich verloren hatte; oder besser gesagt: wen.

Ich atmete tief durch.

Mir war gar nicht aufgefallen, dass Tyler die Kontrolle über den Computer übernommen hatte. Liliane hockte schräg vor mir, hielt meine Hände und sah mich besorgt an.

Da fiel mir auf, dass die anderen wahrscheinlich dachten, dass ich wegen des Fundes weggetreten war. In gewisser Weise stimmte dies auch, aber anders als sie dachten.

Liliane erkundigte sich, wie es mir ginge.

Ich zwang mir ein leichtes Lächeln auf und erwiderte, dass alles in Ordnung sei.

Sie sah mich an, als würde sie mir nicht glauben. Dann lächelte sie, nickte und richtete sich wieder auf.

Meine Anspannung ließ nach. Ich stand auf und streckte mich. Die Uhr zeigte mittlerweile drei Uhr. Die Zeit war wie im Flug vergangen.

Lucas hatte sich an eines der Bücherregale gelehnt und sprach gedämpft mit Aiden. Liliane gesellte sich auch gerade zu ihnen. Tyler stand beim PC und lockte uns aus dem System von „HPC" aus.

Ich ging zu ihm und stellte mich neben ihn.

Er stöhnte genervt. Ich musste leicht lachen. Sein böser Blick entging mir nicht.

Ich verdrehte meine Augen, lehnte mich zur Tastatur hinunter und gab ein paar Kommandos in den Computer ein.

Nur wenige Sekunden später sahen wir wieder den Login vor uns. Ich konnte mir das verschmitzte Lächeln, welches sich auf meinem Gesicht abzeichnete, nicht verkneifen.

Tyler sah mich zuerst fassungslos und danach wieder wütend an.

Er machte es eindeutig sichtbar, wie sehr es ihn fuchste, dass mir so einfach gelungen war, was ihm nicht gelang. Er dachte möglicherweise, dass ein einfacher Mensch wie ich, und auch noch eine Schülerin, wohl kaum in der Lage hätte sein dürfen, mit seinen geistigen Fähigkeiten mitzuhalten. Selbst wenn er erst ein Monat zuvor angefangen hätte, sich mit dem Thema auseinanderzusetzen, dürfte es mir nicht möglich sein, ihm überlegen zu sein.

Ihresgleichen haben ein sehr gutes Gedächtnis. Sie können sich an jedes Ereignis ihres Lebens erinnern.

Ich musste zugeben, dass es ungewöhnlich war, in meinem Alter solch gute Kenntnisse zu haben, aber nicht unmöglich. Wenn man außerdem meine Vergangenheit mit einberechnete, von der sie aber natürlich nichts wussten, war es noch fragwürdiger. Auch wenn ich nicht mehr vollkommen menschlich war, meinen Intellekt und meine Lernfähigkeit waren auch vorher schon vorhanden gewesen, als ich noch ein normaler Mensch war.

Ich hatte viel schneller als der durchschnittliche Mensch laufen und sprechen gelernt. Außerdem hatte ich mit zwei Jahren bereits meine ersten Wörter geschrieben.

Meine Eltern waren immer sehr stolz auf mich gewesen. Wenn mein Vater von seinen Geschäftsreisen kam, bekam ich immer viel Aufmerksamkeit. Natürlich schenkte er auch Amelia und ihrer Mutter mindestens genauso viel. Jedoch war ihnen jede meiner Interaktionen mit meinem Vater zuwider.

Ich freute mich zwar jedes Mal, wenn mein Vater nach Hause kam. Gleichzeitig hatte ich allerdings Angst vor der wiederholten Trennung, da er nach ein paar Wochen jedes Mal wieder wegmusste.

Die Zeit, die wir zwischen seiner Ankunft und Abreise hatten, war mir immer viel zu kurz vorgekommen und wenn er abermals gegangen war, übernahm meine Stieffamilie wieder das sagen.

Die Wochen nach Vaters Abreisen waren immer die härtesten gewesen. Dennoch ließ ich es über mich ergehen. Ich hätte alles für Dad getan. Niemals hatte ich gewollt, dass er sich Sorgen machte, und meine Mutter hätte es genauso wenig gewollt.

„Sieht so aus, als könntest du von Alice noch etwas lernen, Tyler!", sagte Aiden neckend.

Mir war nicht aufgefallen, dass sich die anderen drei zu uns bewegt hatten.

Tyler schnaubte. Ich sah zu meinen Mitschülern, die gerade in Gelächter ausbrachen.

Na ja. Nicht alle. Tyler schaute seinen Freund böse an und Lucas sah – mich an?

Auf seinem Gesicht spiegelte sich leichte Sorge, danach Irritation und darauf Faszination.

Ich hob eine Augenbraue. Er ließ sich davon nicht ablenken und musterte mich weiter.

Es war mir nicht unangenehm, oder so. Ich war allerdings nun diejenige, die irritiert war. *Warum war ich für Lucas so interessant? Wusste er etwa doch etwas?*

Leichte Angst stieg in mir hoch, doch ich erstickte sie im Keim. Wenn ich jetzt in Panik geriet, würde ich mich verraten.

Ich redete mir ein, dass er, seiner Reaktion auf die zuvor gefundenen Daten zufolge, nichts wissen konnte.

Ich betrachtete Lucas eingehend. Er war riesig, mindestens 1,95 Meter groß. Ich musste mit meinen 1,62 Metern auch auf die Distanz von einem Meter noch zu ihm aufsehen. Seine waldgrünen Augen wurden teilweise von seinen schwarzen Haaren verdeckt. Unter dem enganliegenden, schwarzen Shirt zeichneten sich seine straffen Muskeln ab.

Es war keine Überraschung, dass er nach menschlichen Standards atemberaubend schön war. Die Beschreibung von Astra, er sähe wie ein Engel aus, hatte in diesem Fall eine ganz andere Bedeutung und war auch keine Untertreibung.

Dies ist nicht meine komplett persönliche Meinung, aber die Ironie in dieser Aussage ließ mich immer noch leicht schmunzeln.

„Also", warf ich nun in die Runde, um die Aufmerksamkeit aller Anwesenden auf mich zu ziehen, „ich weiß nicht, wie es euch geht, aber… es ist mittlerweile nach drei Uhr und ich leg' mich noch ein paar Stunden hin, bevor der Unterricht beginnt. Mrs. Lendry hat ja heute diese ‚Überprüfung' angesetzt und ich nehme an, dass das kein Zuckerschlecken wird."

„Moment? Das ist heute?", fragte Aiden verwundert. Ich meinte, leichte Panik in seiner Stimme gehört zu haben, und musste mir ein Lachen verkneifen. Er hätte in den letzten Stunden lieber der Lehrerin zuhören sollen, statt sich von seiner Freundin so ablenken zu lassen.

Nickend beantwortete ich seine Frage stumm. Ich hatte Angst, dass, wenn ich den Mund geöffnet hätte, ich laut losgelacht hätte.

Die Absurdität dieses Momentes war mir einfach zu viel.

Ich hatte mich gerade mit vier Engeln in das Hightech System einer „Krebsforschungsklinik" gehackt, um Fakten zu klären, mit Resultaten, die ein Normalsterblicher nicht lesen hätte können, wobei meine Zeitgenossen keine Ahnung davon hatte, dass ich ebenfalls die Daten habe entschlüsseln können, und nun sprachen wir über einen Test in Physik.

Plötzlich waren wir wieder Schüler, als wäre nichts gewesen. Als hätten wir nicht gerade erfahren, dass es eine Organisation gab, die illegale Versuche an Menschen machte.

Es war egal, ob man es von der menschlichen oder göttlichen Rechtslage betrachte. Von beiden Seiten aus gesehen, war es grausam.

Ich versetzte mir innerlich einen Tritt, um mich wieder auf die Realität zu konzentrieren und versuchte, nicht nochmals gedanklich abzuschweifen. Dafür hatte ich noch genug Zeit.

„Also…, ich geh' dann mal", meinte ich und wand mich ab. „Wir sehen uns morgen! Gute Nacht!"

Damit verließ ich den Raum.

18

Lucifer

Lilith rief Alice noch eine „Gute Nacht" hinterher, als diese die Bibliothek verließ. Sie winkte als Reaktion und war dann nicht mehr zu sehen.

Tyler ließ den PC noch herunterfahren. Danach machten auch wir uns auf den Rückweg ins Wohnheim.

Das Adrenalin wich langsam aus unseren Körpern und als wir in unserer WG ankamen, gingen wir sofort zu Bett.

In der Schule gab es zwei Arten, im Internat zu wohnen.

Die Eine waren normale Wohnheimzimmer, die per Stockwerk sich ein Bad teilten und einen Aufenthaltsraum mit Küche besaßen. Diese Räumlichkeiten befanden sich in einem separaten Bau, der extra dafür geschaffen worden war.

Die andere Art waren WGs. Diese befanden sich im Hauptgebäude und waren deutlich weniger. Es lebten bis zu sechs Personen in einem gemeinsamen Raum mit vollständiger Ausstattung.

Da es bei uns vieren wichtig war, Privatsphäre vor den Menschen zu haben, war die Entscheidung ziemlich einfach gewesen und der Antrag wurde sofort angenommen.

Am nächsten Tag liefen wir, wie üblich, Alice über den Weg. Ihr war nichts von gestern Nacht anzusehen und sie benahm sich wie immer. Sie war wohl auch der Meinung, dass es besser wäre, wenn wir so wie bisher weitermachen würden, um kein Aufsehen zu erregen.

Meine Freunde und ich hatten in der Früh eine hitzige Diskussion über das Geschehene. Deshalb hatten wir uns entschieden, zu Hause zu frühstücken.

Einerseits ging es um die nächsten Schritte, andererseits aber auch um Alice. Da wir uns nun ziemlich sicher waren zu wissen, warum sie sich uns gegenüber so verhalten hatte, wie sie es hatte, und sie gestern Nacht dabei gewesen war, war sie kein Faktor mehr, den wir einfach ignorieren durften.

Tyler war ihr gegenüber argwöhnisch, aber Lilith war sich sicher, dass sie keine Gefahr für uns darstellen würde.

Die beiden wären sich im Wortgefecht fast an die Gurgel gegangen, wenn Aiden und ich nicht dazwischen gegangen wären.

Fakt war jedoch, dass beide gute Gründe für ihre Bedenken hatten. Im Endeffekt hatten wir uns darauf geeinigt, sie nun eine Zeit lang zu beobachten und dann weiterzudenken.

Ich verabschiedete mich gerade von Lilith, Tyler und Amelia und machte mich, gemeinsam mit Aiden auf den Weg zum nächsten Unterricht.

Mir waren Aidens Seitenblicke sehr wohl bewusst, ich ignorierte sie dennoch.

Nachdem wir etwa den halben Weg hinter uns hatten, schien er es nicht mehr auszuhalten und fragte: „Wieso hältst du dich zurück? Es ist überhaupt nicht deine Art, dich in solchen Situationen herauszuhalten." Er sprach von der Debatte. Es ist wahr, dass ich mich bei einem so wichtigen Thema normalerweise stark einbringe und ich bin nicht gerade die Person, die ihre Meinung nicht vertritt. Aiden wusste, dass mich die momentanen Umstände nicht kalt ließen.

„Ich weiß im Moment einfach nicht, was ich denken soll", gestand ich.

„Du bist bei dem Thema einer ähnlichen Meinung wie Lilith, das sieht man dir an", sagte Aiden bestimmt. War es so offensichtlich?

„Alice scheint dich ganz schön zu verwirren." Auch das hatte er mitbekommen? Damit hätte ich rechnen müssen. Es erstaunte mich immer wieder, wie treffsicher Aiden war. Seine Empathie in Ehren, ich beneidete ihn manchmal, auch wenn er immer wieder beteuerte, wie nervig sie zeitweise ist.

Ich atmete tief durch und Aiden klopfte mir auf die Schulter. „Du hast es echt nicht leicht." Er sah mich leicht mitfühlend an. Das war das Letzte, was ich in diesem Moment brauchte.

Ich winkte ab und fragte ihn, wie er die Sache sah.

„Ich stehe auch sehr auf Liliths Seite, aber ich habe ebenfalls meine Bedenken. Wenn man unsere Umstände betrachtet, ist es gut möglich, dass sie uns nur etwas vorspielt. Aber wir sollten keine voreiligen Schlüsse ziehen und wir kennen sie einfach zu wenig."

Er machte eine kurze Pause, da uns gerade eine Traube an Schülern entgegenkam. Dann sprach er weiter: „Wenn die Situation nicht so schwierig wäre, würde ich mich zweifelsohne auf dein und Liliths Bauchgefühl verlassen, aber in diesem Fall... Du musst bedenken, dass sie Drake kennt. Natürlich wirkte ihre Beunruhigung keineswegs gespielt, aber ein Mensch, der ihn kennt, ist immer mit Vorsicht zu betrachten."

Ich nickte zustimmend. Er hatte in allen Punkten recht, das stand außer Frage. Jedoch schien mir der Gedanke, dass Alice wirklich etwas mit Drake zu tun hatte, zu widerstreben.

Als wir das Klassenzimmer betraten, waren fast alle schon dort, auch Alice. Sie saß entspannt auf ihrem Platz in der letzten Reihe und sah, wie so oft, aus dem Fenster. Sie wirkte irgendwie so friedlich, als wäre sie nicht hier. Nur ihr Körper schien auf ihrem Platz zu sitzen.

Ich ging zu ihr nach hinten. Da sie erst später dazugestoßen war, hatte sie sich ihren Sitzplatz natürlich nicht selbst aussuchen können. Ihre Freunde saßen ein paar Reihen weiter vorn.

Sie hatte damals, als sie das erste Mal zum Unterricht kam, den Sessel neben mir eingenommen.

Ich richtete gerade meine Sachen her, als sie mich plötzlich ansprach: „Und? Was hat der Rat beschlossen?"

Ihre abrupte Redefreudigkeit hatte mich erschrocken. Für gewöhnlich ignorierte sie mich bei jeder Gelegenheit. Aber da fiel mir ein, dass sich für uns letzte Nacht wahrscheinlich einiges geändert hatte.

„Wie?", antwortete ich etwas verspätet und verwirrt.

„Wegen gestern... Bin ich jetzt nicht unter Beobachtung oder so? Immerhin hätte ich doch nicht dort sein sollen." Sie lächelte mich neckend an, aber genau wie gestern erreichte es ihre Augen nicht.

„Ist was?", fragte sie. Ich merkte viel zu spät, dass ich sie schon wieder angestarrt hatte.

„Nein, alles gut und mach dir keine Gedanken", antwortete ich schnell.

In dem Moment betrat auch schon der Lehrer den Raum und wir beide wandten uns ihm zu.

Im Kopf dachte ich allerdings darüber nach, was wohl mit Alice schon alles passiert war, dass sie so emotionslos war. Da fiel mir wieder der Tag, an dem sie angekommen war, ein.

Was um alles in der Welt hatte sie damals so zugerichtet?

19

Alice

Was war nur mit mir los?

Als Lucas und Aiden hereingekommen waren, hatte ich mir fest vorgenommen, wie immer weiterzumachen und sie zu ignorieren. Aber als Lucas dann neben mir saß, verspürte ich auf einmal den Drang, etwas zu sagen. Mein Mund hatte sich verselbständigt. *Ach du meine Güte!*

Davon einmal abgesehen, hatte ich Lucas nicht geglaubt, als er gesagt hatte, ich solle mir keine Sorgen machen. In solchen Situationen war es nur natürlich, dass es irgendeine Reaktion gab. Wenn wir uns besser kennen würden, wäre es etwas anderes, aber aufgrund unserer mangelnden Bekanntschaft sollten sie alleine aus Sicherheitsgründen Maßnahmen ergreifen. Immerhin hätte ich wirklich nicht dort gewesen sein sollen, was ein Risiko für ihre Sicherheit hätte sein können.

Ich wagte es die ganze Stunde nicht, zu Lucas hinüberzusehen, aus Angst, dass dann wieder irgendein Stuss aus meinem Mund käme.

Als die Stunde vorbei war, murmelte ich eine Verabschiedung und verschwand aus dem Raum, so schnell es mir möglich war.

Die nächsten Stunden konnte ich mich gut ablenken und folgte dem Unterricht, obwohl immer mindestens einer der Engel in jeder Stunde in meiner Klasse saß. Beim Mittagessen setzte ich mich mit dem Rücken zu ihnen. Ich weiß, das war etwas extrem, aber ich konnte für nichts garantieren. Immerhin hatten wir eindeutig im Stillen beschlossen, unsere Bekanntschaft unter dem Radar unserer Mitschüler zu halten.

Der Rest der Woche verging relativ ruhig, wobei ich allerdings die Vorkehrungen der Engel herausfand. Wie sich herausstellte, stand ich tatsächlich unter Beobachtung, was mich, ehrlich gesagt, nervte. Somit musste ich viel vorsichtiger als sonst sein.

Ich glaubte nicht mehr, dass sie irgendwas mit „HPC" zu tun hatten. Sie brauchten jedoch nicht alles zu wissen.

In der Nacht, in der wir uns in das System der Firma gehackt hatten, hatte ich per Funk ein paar Daten angezapft, die wir im Vorhinein nicht eingesehen hatten. Grundlegende Dinge, wie zum Beispiel den Grundriss der Forschungseinrichtung oder die Arbeitszeiten der Mitarbeiter, waren darunter. Ich fand allerdings auch einen sehr interessanten Ordner mit dem Titel „Security". Darauf waren jegliche Pläne der Überwachungskameras, Schutzmechanismen und des Sicherheitspersonals zu sehen gewesen.

Wie gesagt, war es nicht so, dass ich den vieren nicht traute. Es gab einfach Dinge, die man nicht leichtfertig preisgab. Außerdem wie ich bereits erwähnte, kannten wir uns einfach nicht gut genug.

Außerdem würde es sehr verdächtig wirken, wenn ich ihnen die Daten zeigen würde. Sie durften nichts von meinem Vorhaben, das Labor der „HPC" zu infiltrieren, wissen.

In den nächsten Wochen bekam ich ein immer schlechteres Gewissen. Ich war keine Person, die andere Leute ausbeutete, aber in der darauffolgenden Zeit verließ ich mich sehr auf Nicolas' Großzügigkeit.

Ich schwor mir, ihm irgendwann einmal all seine Hilfe zurückzuzahlen, auch wenn er sagte, dass ich mir darüber keine Gedanken machen sollte.

Aiden, Tyler, Lucas und Lilith wurden im Laufe der Zeit etwas ruhiger. Sie liefen mir nicht mehr die ganze Zeit hinterher oder bespitzelten mich. Außerdem entspannte sich unsere Beziehung etwas und manchmal, wenn wir uns zufällig im Wald über den Weg liefen, entstanden interessante und witzige Gespräche.

Wenn ich raten hätte müssen, hätte ich darauf getippt, dass die Person, die anfangs am meisten Bedenken meinetwegen hatte, Tyler gewesen war. Aber mittlerweile verstanden wir uns wirklich gut.

Ich meine, ja, unsere Gespräche waren sehr oberflächlich, aber jeder von uns hatte schließlich ein Geheimnis zu wahren.

20

Lucifer

Es war seltsam. Nur wenig Zeit hatte gereicht, um eine derartige Beziehung zu schaffen.

Es war schon sehr spät und Tyler und ich hatten es gerade geschafft, Amelia und ihren Leuten zu entkommen, als wir Alice über den Weg liefen.

Nun standen wir gemeinsam auf der Lichtung am See mit dem Pavillon und unterhielten uns. Die letzten Sonnenstrahlen verschwanden am Horizont und das Wasser lag ruhig vor uns, nur ein leichter Wind wehte.

Tyler war Alice gegenüber entspannter geworden und auch wenn er es nicht zugeben wollte, gefielen ihm die gelegentlichen Konversationen und Schlagabtausche.

Alice war eine sehr selbstsichere Person und ließ sich von Tyler nicht einschüchtern. Allerdings war ihre Einstellung das Interessanteste an ihr. Ihr war unser Aussehen oder unser Vermögen vollkommen egal. Sie scherte sich nicht um ihren Status oder darum, dass wir unsere Bekanntschaft geheim hielten. Sie wirkte, als würde sie einfach das tun, was sie gerade wollte. Außerdem schien sie sich für uns persönlich zu interessieren. Sie war keinesfalls oberflächlich.

Diese Tatsache stellte allerdings Probleme dar. Sie durfte niemals über uns Bescheid wissen. Eigentlich sollten wir den Kontakt mit ihr so gering wie möglich halten, um zukünftigen Schaden und die daraus resultierenden Gefahren für sie zu dezimieren. Das war nur leichter gesagt als getan.

Sie war die erste Person seit langem, die sowohl mir, als auch den anderen das Gefühl gab, etwas entspannen zu können.

Zwei Tage zuvor waren Lilith und Aiden ihr über den Weg gelaufen. Danach hatte meine Schwester gefragt, warum wir uns noch an das Regelwerk des Himmels hielten; beispielsweise die Verschwiegenheitpflicht gegenüber Menschen.

„Warum können wir es ihr nicht erzählen?", hatte sie beinahe verzweifelt gefragt. Da hatte ich gemerkt, wie sehr sie ihre Freundinnen aus dem Himmel vermisste. Natürlich waren Aiden, Tyler und ich bei ihr, aber das war nicht dasselbe und das verstand ich. Ich habe keine Ahnung, was ich ohne Aiden gemacht hätte.

Als wir auf dem Rückweg zu Aiden und Lilith waren, entschuldigte sich Tyler in der Eingangshalle und verschwand Richtung Bibliothek. Er hatte im Voraus gesagt, dass er nochmal Recherchen anstellen musste, da wir das letzte Mal, als wir auf „HPC" zugegriffen hatten, einen wichtigen Teil vergessen hatten. Ich konnte mir beim besten Willen nicht vorstellen, was es war.

Als ich zuhause ankam, saßen Aiden und Lilith zusammen auf der Couch und sahen fern. Nachdem ich die Tür hinter mir geschlossen hatte, ließ ich sogleich meine menschliche Hülle fallen. In den letzten Tagen, wie auch heute, kam ich spät heim.

Immerhin schien nun aber die schlimmste Arbeitsphase vorbei und damit konnten wir uns wieder etwas entspannen.

Als meine Schwester mich bemerkte, drehte sie die Lautstärke etwas leiser und fragte verwundert: „Wo ist Tyler? Wart ihr nicht gemeinsam unterwegs?"

Ich nickte und erklärte die Situation.

Sie sahen mich beide fragend an, aber ich zuckte nur mit den Schultern.

Ich wünschte ihnen beiden noch eine gute Nacht und ging in mein Zimmer. Es hatte sich mit der Zeit gefüllt. Während der knappen drei Jahre, die wir nun hier waren, wurde aus diesem Wohnheimzimmer etwas mit Persönlichkeit. An den Wänden waren Regale angebracht, auf denen Bücher aufgereiht waren, der Kasten beinhaltete eine umfangreichere Ansammlung als nur das schulisch vorgeschriebenen Gewand und nach und nach waren auch Erinnerungsstücke und Fotos hinzugekommen.

Ich hatte mich schwer, aber doch, an diesen Raum gewöhnt und ihn zu meinem Zuhause gemacht. Mittlerweile war er einer meiner wichtigsten Rückzugsorte.

All das Rundherum war in dem Moment etwas viel. In den letzten paar Monaten war einiges passiert und manches davon konnte ich bis zu diesem Punkt noch nicht ganz verarbeiten.

Ich legte mich aufs Bett und starrte an die Decke.

Langsam begannen meine Gedanken zu schweifen. Wie lange war es her, dass ich überhaupt nichts getan hatte. Ehrlich gesagt, konnte ich mich nicht mehr erinnern.

Das Thema, welches ich zweifelsohne am wenigsten verdaut hatte, war Drakes Dasein auf der Erde. Er war einer der gefallenen Engel und einer der ersten, die einen Pakt mit den Dämonen geschlossen hatten. In diesem Fall war es sogar der Herrscher der Dämonen gewesen.

Auch wenn der Irrglaube bei einigen der Menschen existierte, waren Dämonen und gefallene Engel nicht ein und dasselbe. Dämonen als solche hatte es schon immer gegeben. Sie waren eine eigene Rasse für sich, genau wie Engel. Abgesehen von der unterschiedlichen Abstammung sahen wir uns auch wenig ähnlich. Während wir gefallene Engel für Sterbliche menschlich aussehen, wirkten Dämonen unnatürlich und bestialisch.

Außerdem hieß es nicht: Nur weil du ein Engel bist, bist du automatisch gut. Genauso war es bei den Dämonen. Ob etwas gut oder böse war, lag in der Sichtweise, wie eigentlich bei allem. In solchen Beziehungen waren die Engel den Menschen ähnlich.

Trotz allem waren die Dämonen ein Volk, das barbarisch war und deshalb schnell als böse empfunden werden konnte.

Auf jeden Fall gab es eine Fehde zwischen Engel und Dämonen und die Engel, die sich zu der Zeit dazwischen gestellt hatten und Frieden wollten, wurden verbannt und waren nun als gefallene Engel bekannt. Jeder Weitere, der sich gegen die Herrschaft stellte oder lediglich etwas zweifelte, wurde ausnahmslos verbannt.

Personen wie Drake hatten sich damals in die Unterwelt geflüchtet und dort eine Übereinkunft beziehungsweise einen Pakt mit den Dämonen geschlossen. Diese hielt nun schon seit mehreren Jahrtausenden.

Trotz allem war Drakes Anwesenheit auf der Erde mehr als beunruhigend. Er hatte einen irrsinnigen Groll gegen den Himmel. Außerdem hatte er die Sterblichen von Anfang an verabscheut. Was auch immer er tat, es konnte niemals positiv enden.

Nach einiger Zeit kam ich wieder zur Frage zurück, was wir übersehen hatten, beziehungsweise was wir vergessen hatten.

Die Sache wollte mich einfach nicht loslassen und als ich dachte, ich hielt es nicht mehr aus, fiel es mir wie Schuppen von den Augen.

21

Alice

Als ich am Abend mein Zimmer betrat, schloss ich sofort die Tür und schleuderte meine Tasche neben mein Bett, kurz bevor ich mich darauf warf und mein Gesicht im Kissen vergrub.

Der Tag war sehr anstrengend gewesen. Mr. Selan, unser Mathematikprofessor, hatte die glorreiche Idee, das Mathematikbuch einmal von hinten anzufangen. Damit hatte annähernd die gesamte Klasse vollkommen ein Problem. Natürlich war es kein Problem für unser Quartett und ich war in Mathematik auch sehr gut, also hatten wir die ganze Stunde lang versucht, die Übungen, so gut es uns möglich war, für unsere Mitschüler verständlich zu machen. Es war sehr nervenaufreibend gewesen.

Außerdem, als wäre das nicht schon genug, wäre ich beinahe wieder in Amelia hineingelaufen. Glücklicherweise hatte Bethany mich rechtzeitig vor der Kollision bewahrt, indem sie mich im richtigen Moment weggezogen hatte.

Jedoch ließ sich das darauffolgende Wortgefecht nicht vermeiden. Normalerweise hätte ich keine Einwände dagegen gehabt, meine Stiefschwester in aller Öffentlichkeit zu demütigen, allerdings war ich so erschöpft, dass ich mich nach Kurzem einfach abwandte und mir etwas zu essen holte.

Plötzlich klingelte mein Handy. Ich schrak aus meinen Gedanken hoch und fiel fast vom Bett. Ich fischte in meiner Tasche danach und sah auf den Screen. Es war eine unbekannte Nummer.

Ich nahm den Anruf an und fragte vorsichtig: „Alice Mac-Jextey! Wen spreche ich?"

„Guten Tag!", sagte eine ruhige Stimme. Am anderen Ende der Leitung war ein Mann mit einer etwas rauen Stimme. Dem Klang zu Folge dürfte er in einem fortgeschrittenen Alter gewesen sein und sie kam mir irgendwie bekannt vor.

„Mein Name ist Reginald Smith. Sie müssen Ryan Nex' Tochter sein."

Augenblicklich war ich hellwach und hundertprozentig aufnahmefähig.

„Ja, das bin ich. Woher wissen sie das?", fragte ich argwöhnisch.

„Ich bin der Anwalt Ihres Vaters. Wir haben sein Testament gefunden. Deshalb rufe ich Sie an. Wir hatten schon etwas länger versucht, mit Ihnen in Kontakt zu treten; jedoch ohne Erfolg, wie Sie wissen", erklärte Mr. Smith und klang etwas erleichtert.

Da leuchtete mir ein, warum er mir so vertraut gewirkt hatte. Ich hatte seine Stimme erst ein oder zwei Mal gehört, aber mein Vater hatte oft mit meiner Mutter und Kathrin über ihn gesprochen. Trotzdem war ich verwirrt.

„Okay ... Warum wollen Sie dann mit mir sprechen? Hätten Sie nicht eher die Ehefrau meines Vaters kontaktieren sollen? Ich weiß nicht, ob Sie dies wissen, aber ich bin ein uneheliches Kind."

„Im Gegenteil, diese Tatsache ist mir geläufig und ich wollte mit Ihnen über Ihr Erbe sprechen."

„Mein Erbe?", fragte ich verdutzt.

„Ja, Ihr Erbe. Ihr Vater hat Ihnen so einiges vermacht."

Ich keuchte. Niemals hätte ich gedacht, dass ich hinzugezogen werden würde. Selbst im Falle meiner bis dahin möglichen Erbschaft, hätte doch eigentlich mein gesetzlicher Vormund informiert werden müssen, solange ich noch nicht achtzehn wäre, oder nicht?

Ich war erst siebzehn Jahre alt und würde erst in zwei Wochen volljährig sein. *Warum also sollte ich in so einer Situation kontaktiert werden?*

„Ähm... Hier muss ein Fehler vorliegen", vermutete ich beklemmt.

„Wie kommen Sie darauf?", erkundigte sich Mr. Smith verblüfft.

„Nun... als ich das letzte Mal nachgesehen hatte, war die Gesetzeslage noch so, dass der gesetzliche Vormund, in meinem Fall Kathrin Oblo, bis zur Volljährigkeit über das Erbe der minderjährigen Person verfügen darf. Ich will nicht Ihre Kompetenz in Frage stellen, sicher nicht, aber ich bin mir nicht sicher, ob Sie vielleicht vergessen habe, dass ich erst siebzehn Jahre alt bin", klärte ich ihn auf.

Plötzlich war ein amüsiertes Lachen zu vernehmen.

Ich war erstaunt und verstand nicht, was an meiner Aussage so erheiternd sein konnte.

„Ent- Entschuldigen Sie bitte vielmals", schnaufte mein Gesprächspartner, als das Gelächter abnahm. „Mir hätte klar sein sollen, dass Sie nicht im Bilde über Ihre Situation sind."

„Bitte verzeihen Sie meine Direktheit, aber was finden Sie daran so amüsant?"

„Die Vorstellung, dass Kathrin Ihr Vormund sei! Ich meine, mal ehrlich: Hätten Sie sie gerne als ‚Erziehungsberechtigte'?"

Meine Augen wurden groß.

„Oh!", entwich es Mr. Smith in dem Moment. Ihm war wohl klar geworden, wie er meine Stiefmutter gerade genannt hatte.

„Es tut mir leid! Sie müssten jetzt vollkommen verwirrt sein." Das traf es sehr genau. „Ihr Vater und ich waren befreundet. Sie können sich daran sicher nicht mehr erinnern."

„Doch, doch", versicherte ich ihm schnell, „mir war nur nicht bewusst, wie eng diese Freundschaft gewesen war und dass Sie ebenfalls mit meiner Stiefmutter engen Kontakt pflegen."

„Nun... Kathrin wäre tatsächlich Ihre Vorgesetzte, jedoch hat sie Sie vor etwa zwei Jahren als tot gemeldet und damit alles, was mit Ihnen zu tun hat, fallen gelassen. Außerdem hatte sie das gesamte Sorgerecht abgelegt und gesagt, wir sollten uns fortan um diesen ‚Kram' kümmern. Sie hätte nichts mehr damit zu tun.

Ich war damals bei den Verhandlungen und als guter Freund und ehemaliger Anwalt Ihres Vaters ist mir die Ehre zuteilgeworden, Ihren Fall zu behandeln. Mr. Anderson und einige andere, mich eingeschlossen, waren der festen Überzeugung, Sie seien noch am Leben. Deshalb haben wir so lange nach Ihnen gesucht.

Ab und an fanden wir Anzeichen dafür, dass Sie gewisse Orte besucht hatten und auch Zeugen bestätigten, Sie gesehen zu haben. Dadurch konnten wir ihre Schritte verfolgen."

Er machte eine kurze Pause. Seine Worte hatten mich in den Bann gezogen. Ich hatte nicht gedacht, dass nach meinem Verschwinden so viele Schritte eingeleitet werden würden, um mich ausfindig zu machen.

Eine leichte Wärme stieg in meine Brust. Dieses Gefühl hatte ich schon seit einer Ewigkeit nicht mehr gespürt. Jemand hatte sich in meiner Abwesenheit um mich gesorgt. Ein zaghaftes Lächeln umspielte meine Lippen.

„Ich hatte Sie ja eigentlich nicht angerufen, um Ihnen diese Geschichte zu erzählen", bemerkte Mr. Smith mit mildem, neckendem Tadel.

Er hatte recht. Ich schluckte. Das Lächeln war mir aus dem Gesicht gewichen.

„Könnten wir das vielleicht bei einem persönlichen Treffen besprechen? Ich fühle mich etwas unwohl dabei, ein solches Thema telefonisch zu behandeln", gestand ich Mr. Smith.

„Natürlich! Ein persönliches Treffen wäre ausgezeichnet. Ich hatte gehofft, Sie darum bitten zu können. Wann würde es sich denn bei Ihnen einrichten lassen?", wollte Mr. Smith wissen.

„Dieses Wochenende wäre passend", schlug ich vor.

„Dann sehen wir uns am Samstag um zehn Uhr, wäre das möglich?"

„Das ist perfekt! Vielen Dank!"

„Ich danke Ihnen!", antwortete er, „Dann freue ich mich schon auf unser persönliches Treffen, Miss MacJextey-Nex."

„Ebenfalls! Ich wünsche Ihnen noch einen schönen Arbeitstag. Auf Wiederhören!"

„Guten Tag!"

Damit war das Gespräch beendet.

Ich war für ein paar Sekunden überaus sprachlos. *War dies jetzt wirklich geschehen?*

Mein Puls raste.

Meine Eltern waren in einem Feuer umgekommen und bis zu diesem Moment gab es auch keine Informationen über die Erbschaft.

Als ich vor drei Jahren von zuhause weggelaufen war, waren sie noch auf der Suche nach dem Testament gewesen. Meine Stiefmutter war natürlich der Überzeugung gewesen, dass sie alles Hab und Gut sowie das Geld erben würde. In dem Moment, in dem der Anwalt meines Vaters anrief und berichtete, dass mein Vater, Ryan Nex, ein Testament aufgesetzt und versteckt hatte, explodierte Kathrin Oblo geradezu. Sie konnte nicht verstehen, warum mein Vater so etwas tun sollte.

Wenn sie gewusst hätte, dass ich anscheinend ein nicht unbeachtliches Erbe antreten würde, wäre sie ausgeflippt. Ich meine, wenn sie gewusst hätte, dass ich noch lebte, würde sie auch jegliche Auftragsmörder auf mich hetzen, wenn es nicht allzu teuer wäre. Ihr Hass mir gegenüber wurde nur von ihrem Geiz übertroffen... und vielleicht von ihrer Selbstverliebtheit, aber ich glaube, dies steht etwa auf derselben Höhe.

Ich schüttelte den Kopf, um ihn freizubekommen. Alle Fragen, die in meinem Kopf herumschwirrten, würden am Samstag beantwortet werden.

22

Lucifer

Wir hörten jetzt zum wievielten Mal, wie toll „HPC" war?

Alice, die neben Tyler saß, war eingeschlafen, Aiden und Lilith unterhielten sich leise und Tyler lehnte sich zu ihnen nach vorn, um sich an dem Gespräch zu beteiligen.

Ms. Nolan war keineswegs eine schlechte Lehrerin. Immerhin hingen die anderen Schüler an ihren Lippen, aber wir fünf, die wussten, was in Wirklichkeit hinter der Fassade passierte, waren alle nicht gerade so motiviert wie der Rest. Anfangs waren wir alle immer zum Unterricht gekommen, um möglicherweise noch kleine Details zu erfahren, die vielleicht hilfreich wären. Aber, zu unserem Bedauern, war das Team der „HPC" sehr gut darin, viel zu reden, aber wenig zu sagen. Die eine oder andere Stunde hatten wir bereits ausfallen lassen.

Die Professorin störte es nicht sonderlich. Alice hatte sie schon die ganze Zeit in Ruhe gelassen und solange das Projekt lief, stand es auch uns frei, ob wir den Unterricht besuchten oder nicht.

Leider würde bis zum regulären Unterricht noch mehr als ein Monat vergehen.

Ich betrachtete Alice. Sie war ein wunderschönes Mädchen, mit ihrem welligen, haselnussbraunen Haar und langen, dunklen Wimpern. Ihre Lippen waren leicht geöffnet und ihr Atem ging regelmäßig. Sie strahlte etwas Beruhigendes aus.

Ich ließ meine Gedanken wieder schweifen und dachte nochmals über die Situation nach.

Ich ließ alle Momente, in denen Drakes Firma eine Rolle gespielt hatte, Revue passieren. Es gab eindeutig etwas, was uns Alice verschwieg. Es machte Sinn. Trotzdem fühlte ich mich dadurch irgendwie schlecht.

Als die Stunde vorbei war, weckte Tyler Alice. Es war nicht das erste Mal, dass sie eingeschlafen war. Ihr verschlafenes Gesicht war immer wieder schön anzusehen. Diese kurze Zeit, in der sie beinahe sorglos wirkte.

Ehrlich gesagt, beneidete ich Tyler manchmal wirklich. Die beiden wirkten ab und an so, als würden sie sich schon ewig kennen und nicht, als hätten sie vor einem Monat noch kein Wort miteinander gewechselt.

Als ich am Abend zurück ins Wohnheim kam, waren alle anderen bereits anwesend, was ziemlich ungewöhnlich war. Wenn man aber bedachte, was wir zu besprechen gedachten, konnte man es jedoch nachvollziehen.

„Gut, wir sind jetzt alle hier", sagte Lilith und äußerte damit das Offensichtliche. Sie hatte die Neigung dazu, gewisse unnötige Tatsachen auszusprechen. Wir hatten uns aber mittlerweile daran gewöhnt.

„Also Tyler, konntest du die noch notwendigen Daten ausfindig machen?"

Das letzte Mal hatten wir vergessen, so grundlegende Dinge, wie Standort oder Sicherheitssysteme, zu checken. Deshalb hatte sich Tyler am Vorabend nochmals in das System von „HPC" gehackt, um an diese Informationen zu gelangen. Er hatte sich die Herangehensweise von Alice zunutze gemacht und angewandt. Wenn man bedachte, wie viele Probleme ihm das System bereitet hatte, war die Methode von Alice mit Abstand die beste Lösung gewesen.

Dass wir aber alle nicht daran gedacht hatten, diese Daten von Anfang an zu bergen, war zugegebenermaßen etwas peinlich.

„Ja, ich habe jegliche Informationen von der Lage bis zu den Dienstzeiten des Sicherheitspersonals und dem Aufenthaltsort der ‚Patientin'." Bei dem letzten Wort zeigte er Gänsefüßchen an, um zu verdeutlichen, dass diese Person sich mit Sicherheit unfreiwillig in dieser Einrichtung befand. Gefangene oder Versuchsobjekt waren wohl passendere Beschreibungen. Ich wollte mir überhaupt nicht vorstellen, was dieses Mädchen durchmachen musste.

Glücklicherweise schien es aber nur eine dieser „Patientinnen", zu geben. Natürlich war dies auch furchtbar, dennoch nicht so schlimm, als wenn es mehrere Personen gewesen wären.

Wir saßen in unserem Wohnzimmer um einen kleinen Couchtisch herum, auf dem Tyler gerade ein paar Blätter ausbreitete. Manche waren voll beschrieben, andere mit Skizzen versehen. Um keinen Radau zu veranstalten, hatte mein Freund jegliche Daten händisch abgeschrieben beziehungsweise abgezeichnet. In Wahrheit war dies auch viel schneller und effizienter, da die Daten sofort gefiltert wurden und somit eine perfekte Zusammenfassung entstand. Einer der vielen Vorteile, wenn man gewisse Fähigkeiten besaß.

Es vergingen sicher Stunden, in denen wir jegliche Informationen auseinandernahmen, wieder zusammensetzten und darüber diskutierten. Tylers Zusammenfassungen waren Gold wert. Im Nachhinein hatte ich das Gefühl, dass ich bereits in der Forschungseinrichtung gewesen wäre. Es fühlte sich so an, als würde ich jeden Winkel des Laboratoriums kennen. Es war beängstigend.

Am Ende saßen wir alle bereits etwas müde um den Tisch. Aiden hatte in der Zwischenzeit etwas zu essen bestellt. Die halb gegessenen Speisen lagen neben dem Tisch, auf dem immer noch die Notizen verteilt waren.

„Wir sollten nicht überstürzt handeln. Trotzdem dürfen wir uns auch nicht zu viel Zeit lassen." Wir gaben Aiden recht. So grausam diese „Forschung" auch war, wenn wir unüberlegt handelten, hatte niemand etwas davon.

„Wir gehen am besten die Daten nochmals ganz genau durch und überlegen uns eine Strategie. Außerdem sollten wir einen Plan mit verschiedenen Szenarien durchgehen. Das dürfte ein paar Tage dauern", schlug ich vor. Dieser Vorschlag erhielt allgemeine Zustimmung.

„Wie wär es mit diesem Wochenende?", schaltete sich Lilith ein. Es war keine schlechte Idee. Immerhin würden viele unserer Mitschüler über das Wochenende heimfahren, da einige Feiertag waren und dadurch von Freitag bis Montag kein Unterricht stattfand.

Es war zwar immer noch kurzfristig, aber außergewöhnliche Situationen erfordern außergewöhnliche Maßnahmen, wie Lilith so gern sagt.

23

Alice

Ich atmete tief durch.

Viele Wochen hatte ich mich nun auf diesen Moment vorbereitet. Versagen konnte ich nicht riskieren.

Es war zwanzig Minuten nach Mitternacht. Seit ein paar Stunden schlich ich nun um das Firmengebäude von „HPC". Ich wollte mich gegen jede Eventualität absichern. Wenn ich jetzt scheiterte, würde ich keine zweite Chance bekommen.

Immer und immer wieder ging ich die Dienstzeiten der Wachen, den Grundriss des Hauses und den Plan durch.

Bisher hatte ich nichts Auffälliges mitbekommen. Meine Paranoia war völlig unbegründet. Trotzdem hatte ich Bammel vor dem, was in dieser Nacht passieren könnte.

Ich war, als ich auf der Straße gelebt hatte, oft genug in Häuser eingebrochen. Dabei hatte ich nie etwas Kostbares oder Wertvolles mitgehen lassen. Ich war keine von den Diebinnen gewesen, die versucht hatten, das Gestohlene zu verkaufen und reich zu werden.

Meist waren es jedoch nur alte, verlassene Fabrikgebäude oder Abbruchhäuser, manchmal richtige Wohnhäuser, in die ich für etwas Essenbares einbrach, aber dennoch.

Etwas regte sich in meinem Augenwinkel. Sofort waren meine Sinne geschärft.

Einer der Wachen war von seiner Routinestrecke abgekommen. Er näherte sich nun langsam und vorsichtig einem üppigen Busch am Rand des Grundstückes. Er schien etwas aus der Richtung gehört zu haben. Ich spitzte meine Ohren und lauschte nach jeglichen auffälligen Geräuschen. Ein leises Rascheln war zu hören.

„Was is' los, Charles?", fragte sein Kollege, mit dem der Mann auf Patrouille war, ihn auf Englisch.

Der Wachmann namens Charles sah aus, als wäre er in höchster Alarmbereitschaft. Er zitterte etwas. Aus seiner Akte, die ich mir gut eingeprägt hatte, war hervorgekommen, dass er erst seit kurzer Zeit arbeitete. Er war noch sehr jung, fünfundzwanzig Jahre alt.

Allerdings war er der einzige Neue am ganzen Gelände. Im Gegensatz zu vielen anderen Einrichtungen war das Labor nachts noch stärker als tagsüber bewacht.

Viele Menschen denken, dass bei Nacht nicht viel passieren würde, und lassen deshalb nur ein Minimum an Wachen patrouillieren. *Was für Idioten!*

Mr. Menowa war da vorsichtiger, wahrscheinlich aus Erfahrung. So oft, wie seine Projekte vereitelt worden waren, war dies auch nicht verwunderlich. Außerdem kommt er auch aus einer anderen Gesellschaft. Falls andere Engel ihn aufhalten wollen würden, würden sie niemals am helllichten Tag angreifen. Nicht, dass die Wachen viel ausrichten würden.

Auf einmal sprang das „angsteinflößende Ungetüm" aus dem Busch.

Das verschreckte Eichhörnchen rannte, so schnell es konnte, in den Wald und war kurz darauf nicht mehr zu sehen.

Ich musste mir ein Lachen verkneifen. Das Schauspiel, das sich mir geboten hat, war sehr erheiternd.

Charles war vor Schreck leicht zur Seite gesprungen und musste sich sein Kreischen verkneifen. Als er sich nun auf seine Knie stützte und leicht keuchte, musste ich ein Lachen zurückhalten.

„Nichts!", beantwortete Charles die ihm gestellte Frage, „Ich dachte, ich hätte etwas gehört."

„Komm! Beenden wir unsre Schicht. Ich weiß nich' wie's dir geht, aber ich bin hundemüde", bekundete die andere Wache.

„Dito!"

Damit machten sie sich zurück auf den Weg zum Gebäude und waren kurz darauf aus meinem Sichtfeld verschwunden.

Ich blickte hastig auf meine Uhr. Verdammt, fluchte ich innerlich. Bei dem ganzen Durcheinander hatte ich die Zeit völlig aus den Augen verloren.

Es war 0:23:32 Uhr. In genau vier Minuten hatte ich ein dreiminütiges Zeitfenster, um mich ungesehen hineinzuschleichen, bevor sich die Alarmanlage wieder aktivierte.

Ich hatte leider keine Möglichkeit, die Zeitspanne zu verlängern, da ich dafür eine Person bräuchte, die ununterbrochen dafür sorgte, die Codes zu knacken und das System offline zu halten.

Ich sputete mich und eilte zu meinem kleinen provisorischen Lager. Ohne eine einzige weitere Sekunde zu verschwenden, loggte ich mich in das Sicherheitssystem des Laboratoriums ein.

Ich synchronisierte meine Uhr mit meinem Laptop und bereitete alles dafür vor, die Kameras untauglich zu machen.

Danach lief ich zu meinem Aussichtspunkt zurück und sah auf die Zeit.

Eine Minute hatte ich noch.

Ich wurde wieder nervös. Nun war kein Wachmann mehr zu sehen.

Augenblicklich verwandelte ich mich in meine Wolfsgestalt, um Zeit zu sparen.

Ich drückte einen Knopf an meiner Uhr. Die Sicherheitskameras sollten nun auf ein Standbild gestellt sein.

Schnell rannte ich hinunter zum Zaun. Meine Ohren waren aufs Äußerste sensibilisiert. Noch nicht einmal eine fallende Stecknadel würde mir in diesem Moment entgehen.

Innerlich zählte ich die Sekunden.

Ich schlich über das weitläufige Grundstück, bis ich bei einer Hintertür ankam.

Meine Uhr zeigte 0:27:51.

Ich verband meine Uhr mit der kleinen Schalttafel neben der Tür.

Um genau zwei vor halb eins entriegelte ich die Tür, öffnete sie, schlüpfte hindurch und schloss sie wieder.

Ich huschte, so schnell es mir möglich war, durch die Gänge, was sich als schwieriger herausstellte, als es sich anhört. Zweimal wäre ich beinahe mit einer Patrouille zusammengestoßen und musste mich in die Luftschächte retten.

Das Haus erinnerte an ein Labyrinth. Ich war überglücklich, den Grundriss auswendig gelernt zu haben.

Der Bau sah von außen schon beeindruckend aus. Er hatte eine Grundfläche von mehreren hundert Quadratmetern. Allerdings gab es auch vier Untergeschoße mit jeweils derselben Fläche und ebenfalls verwinkelten Grundrissen. Leider waren die jeweiligen Konstruktionen nicht identisch, sondern so unterschiedlich, dass es für einen Menschen beinahe unmöglich wäre, sich auf dieser Größe nicht zu verlaufen.

Ich musste ins zweite Untergeschoß. Dort war der Hauptcomputer.

Die Gänge wollten kein Ende mehr nehmen, aber ich war zumindest schon auf der richtigen Ebene.

Wo war nur dieser blöde Raum?

Ich bog wieder und wieder ein, auf der Suche nach meinem Ziel. Hier musste es doch sein.

Ich öffnete die Karte auf meiner Uhr. Ein originalgetreues Hologramm des Gebäudes erschien. Ein kleiner roter Punkt irrte durch die Gänge des zweiten Untergeschoßes. Er fuhr gerade an einem blauen vorbei.

Ich blieb stehen, der rote Punkt ebenso. Ich lief zurück zur letzten Tür auf der linken Seite. Nun standen sich der rote und der blaue Punkt gegenüber. Ich schloss die Karte. Ein flüchtiger Blick auf die Zeit verriet mir, dass ich noch genau zwanzig Sekunden hatte.

Ich verband abermals meine Uhr mit einer kleinen Schalttafel. Natürlich ließ sich diese nicht so leicht knacken.

Ich tippte hektisch. Als endlich ein Piepen zu hören war, atmete ich erleichtert auf. Ich hängte meine Uhr ab und passierte die Tür gerade noch rechtzeitig. Ein leises Summen hallte in den Gängen wider. Die Alarmanlage war wieder in Betrieb.

Abgesehen von der Kamera in dem Raum, in dem ich mich befand, schalteten sich alle anderen wieder auf normale Aufnahme.

Vor mir war jedoch ein Laserfeld. Geschickt durchquerte ich dieses und stand somit letztlich vor dem Hauptspeicher aller existierenden Daten zu „Projekt Pi".

Ich nahm einen Stick aus meiner Hosentasche. Auf diesem Stick befand sich ein Computervirus. Dieser fraß alle gespeicherten Daten binnen Sekunden auf.

Bevor ich ihn jedoch einsteckte, ging ich nochmals durch die Datenbank, auf der Suche nach etwas, was ich noch nicht wusste; zum Beispiel den Grund dafür, warum Dr. Menowa noch unter den Lebenden verweilte.

Dass er Verbindungen zu dem göttlichen Geschlecht hatte, war mir bereits bewusst. Allerdings war ich mir nicht zu hundert Prozent sicher, ob er nicht selbst dazugehörte.

Seit ich von der „Heal Pi Company" gehört und von dem Betreiber ein Bild gesehen hatte, hatte ich den Verdacht, er könnte einer von ihnen sein. Allerdings hatte ich keine Beweise und mich nur auf mein Bauchgefühl zu verlassen, war in einer solchen Situation äußerst gefährlich.

Leider fand ich keine Indizien, die meinen Verdacht bestätigten.

Es war nun ein Uhr nachts. Ich sollte mich hier nicht länger als notwendig aufhalten. Daher suchte ich eilig nach dem Anschluss. Als ich ihn gefunden hatte, verband ich den Stick sofort mit dem System.

Jetzt war kein Bedarf mehr an Zweifeln oder dem Überdenken der Folgen. Keine Gedanken über „Projekt Pi", kein Rückzug und keine Umplanung mehr.

Es gab nur mehr einen Weg: den Plan durchziehen.

Auf dem Bildschirm erschien ein großer Balken, der sich rasend schnell füllte.

Plötzlich schaltete sich der Computer ab. *Was um Himmels willen...?*

Das Laserfeld hinter mir flirrte, als könnte es sich nicht entscheiden, ob es nun da sein sollte oder nicht.

Nein, nein, nein! Das konnte doch nicht wahr sein!

Ich geriet in Panik. *Was war nur falsch gelaufen?*

Ich war mir nicht sicher, ob das Virus bereits alle Daten zerstört hatte oder nicht. Aber egal, ob es nun so war, ich musste da raus.

24

Lucifer

Wir liefen, so schnell es ging, durch die Gänge.

„Jetzt links", wies Tyler uns an.

Aiden und ich hatten das Gebäude der „HPC" betreten. Lilith und Tyler waren zurückgeblieben, um uns Rückendeckung zu geben.

Endlich erreichten wir das Stiegenhaus. Drei Stockwerke tiefer lag unser Ziel.

„Wartet kurz!", wies meine Schwester uns an, „Die unteren Stockwerke sind alarmgesichert. Gebt uns eine Minute!"

„Es könnte jederzeit eine Patrouille kommen und ihr braucht Zeit?", herrschte Aiden sie an. Ich war verblüfft wegen seiner Reaktion. Normalerweise ist er eine relativ entspannte Person.

„Wie lang dauert es noch?", fragte ich nach kurzer Zeit. Eine Minute war definitiv schon um.

„Es gibt Probleme! Irgendetwas stört das Netz. Ich glaube, ich habe keine andere Wahl, als den Strom zu kappen. Dann müsst ihr euch beeilen, denn ich weiß nicht, wie lange es dauert, bis die Verstärkung da ist", erklärte Tyler gehetzt.

Aiden und ich sahen uns an.

„Also gut!", antwortete dieser „Gib das Startsignal!"

„Und... Die Energiezufuhr ist getrennt. Ihr könnt jetzt hinein."

Das ließen wir uns nicht zweimal sagen. Wir flogen die Treppen in das dritte Untergeschoß hinunter. Dort lagen die Laboratorien und somit war an diesem Ort auch das Opfer dieser Einrichtung.

Als wir unten ankamen, ließen wir uns keine Zeit. Wir wussten genau, wo wir hinwollten und was unser Ziel war; oder besser gesagt wer.

Dadurch, dass in den unteren Stockwerken Hightech-Alarmanlagen installiert waren, gab es dort kein Wachpersonal.

Das Labyrinth wollte einfach kein Ende nehmen. Wir hatten uns nicht verlaufen, aber es war alles größer, als es anfangs gewirkt hatte.

Endlich erreichten wir den Labortrakt. Die Notstrombeleuchtung war aktiv und es war ruhig. Sehr ruhig. Eigentlich herrschte Totenstille.

Wir hatten aber keine Zeit, uns darüber Gedanken zu machen, und liefen weiter.

Als wir schließlich das Behandlungszimmer fanden, stand die Tür offen. Ich sah mich am Gang um und bemerkte erst dann, dass überall Menschen in weißen Kitteln bewegungsunfähig am Boden lagen. Ich hockte mich zu einem der Doktoren hin und fühlte nach einem Puls. Aber da war nichts. Der Mann war tot gewesen. *Was um alles in der Welt war hier geschehen?* Ich hatte ein sehr ungutes Gefühl.

Aiden war in der Zwischenzeit in den Raum gegangen. Ich stand auf und folgte ihm.

Das Zimmer war gänzlich weiß. In der Mitte stand eines dieser Krankenhausbetten und außerdem befanden sich dort noch viele Apparaturen.

Auch in dem Raum lagen Männer und Frauen in Kitteln. Im Gegensatz zu denen, die am Gang gelegen hatten, hatten diese jedoch teilweise offene Wunden.

Eine der Wände war blutverschmiert und einige Skalpelle steckten darin. Überall lag Zeug herum, als hätte dort jemand gewütet.

Allerdings war unter den Leuten in diesem Raum keine Patientin.

Aiden fluchte, was ich gut verstehen konnte. Wir hatten den Weg umsonst auf uns genommen.

„Was ist los?", fragte Tyler.

„Sie ist weg", erläuterte Aiden die Situation.

„Was? Okay, kommt so schnell wie möglich da raus! Lilith hat ein paar Autos gesichtet, die auf dem Weg hierher sind!", befahl uns Tyler nun.

Wir verschwanden augenblicklich, denn wir konnten es uns nicht leisten, gefunden zu werden.

Der Weg zu den Treppen fühlte sich noch länger an als zuvor. Immer wieder fragte ich, wie viel Zeit wir noch hätten, da nichts weiterzugehen schien.

Als wir endlich die Treppen erreichten, entschieden wir, es sein zu lassen und die drei Stockwerke hinaufzufliegen. Wir waren in Windeseile oben und beide der Meinung, dass unser Erscheinungsbild zu diesem Zeitpunkt sowieso egal war, und flogen weiter durch die Gänge. So waren wir viel schneller.

„Die Autos sind jetzt angekommen. Wie lange braucht ihr noch?", wollte Tyler wissen, als wir gerade das Gebäude verließen.

Etwa eine halbe Minute später waren wir bei Tyler.

„Wo ist Lilith?", fragte Aiden sogleich.

„Als ihr auf dem Weg heraus wart", erzählte er, „sahen Lilith und ich zwei Personen das Gebäude verlassen. Sie liefen Richtung Wald. Wir fanden es sehr seltsam, also hat Lilith die Verfolgung aufgenommen."

Hinter mir raschelte das Gebüsch und kurz danach kam meine Schwester aus der Richtung zu uns.

„Ich habe sie verloren. Sie waren viel zu schnell", beklagte sie sich.

„Was ist eigentlich da drinnen passiert?"

„Wie wir sagten", klärte Aiden auf, der zu Lilith gegangen war und nun einen Arm um sie gelegt hatte, „die Patientin war nicht da und die Ärzte waren tot. Wir können es auch nicht erklären."

Auf einmal hörten wir einen lauten Knall. Wir sahen gerade noch, wie das Haus der „HPC" in sich zusammenfiel. Alles, was übrigblieb, waren die Überreste, die halb verbrannt in einer metertiefen Grube lagen.

„Was, um alles in der Welt, habt ihr gemacht?", fragte Lilith perplex und leicht geschockt.

„Das waren wir nicht!", verteidigte ich Aiden und mich. „Wir haben nichts getan, das eine solche Reaktion auslösen hätte können."

Wir hatten zwar vor, das Projekt zu stoppen, allerdings hätten wir nie zu solch drastischen Mitteln gegriffen.

Irgendjemand schien „HPC" über alle Maße zu hassen. So sehr, dass dieser Jemand sogar zum Mörder wurde.

25

Alice

Ich saß in dem kleinen Café unten im Dorf, welches in der Nähe der Schule lag. Es war kurz vor zehn Uhr. Ich wartete bereits seit über fünfzehn Minuten.

Nachdem ich aus dem Kontrollraum von „HPC" geflohen war, hatte ich noch einen Abstecher ins dritte Untergeschoß genommen, um „Pi", wie man das laufende Projekt genannt hatte, aus den Machenschaften von Drake Menowa zu befreien. Das Mädchen war dreizehn Jahre alt und vor wenigen Monaten gewaltsam ihrer Familie entrissen worden. Nachdem sie erst so kurz an dem Projekt teilgenommen hatte, war ich mir sicher, dass ihre Fähigkeiten nicht allzu stark ausgeprägt waren. Zur Sicherheit hatte ich auch ihre Aura überprüft. Aber wie gedacht, war daran nichts Besorgniserregendes zu finden gewesen.

Ich hatte das Mädchen nach Hause zu ihrer Familie gebracht und war danach gleich los, um zur Schule zurückzukehren.

Das Firmengebäude war knapp eine Autostunde von meiner Schule entfernt und da ich noch keinen Führerschein hatte, hatte ich den Weg auf andere Weise bewältigen müssen. Aufgrund meiner Fähigkeiten war ich glücklicherweise vor Tagesanbruch zurück.

Dann war ich in mein Zimmer geschlichen, um mich zu duschen und für das Treffen mit Mr. Smith herzurichten.

Nun saß ich da und zählte die Sekunden. Ich war äußerst nervös. Ich würde dem Anwalt meines Vaters gegenübertreten.

„Entschuldigen Sie bitte?" Ich erschrak und fuhr herum. Vor mir stand ein mittelgroßer Mann mit weißem Haaransatz in einem geschäftsmännischen Anzug.

„Sind Sie Alice MacJextey?", wollte der Mann wissen. Ich nickte nur und er setzte sich zu mir.

„Sie sind Mr. Smith", stellte ich damit klar, was er anschließend bejahte.

Nachdem niemand von uns redete und die Stille unangenehm zu werden schien, ergriff Mr. Smith das Wort: „Nun! Vielen Dank, dass Sie es einrichten konnten. Ich denke, dass dies für Sie wahrscheinlich ein heikles Thema ist. Natürlich meine ich Ihre Eltern."

Ich nickte.

„Fühlen Sie sich dazu bereit, sich mit dem Grund unseres Termins zu befassen?", fragte er mich nun.

Ich war überfordert. Meine Eltern waren nun gut zehn Jahre Tod. So plötzlich wieder etwas von ihnen zu hören, war wirklich erdrückend. Ich atmete tief ein und wieder aus.

Dann gestand ich: „Ich weiß es, um ehrlich zu sein, nicht."

„Ich verstehe, was Sie meinen", versicherte mir der Anwalt.

„Ich meine, natürlich habe ich keine Ahnung, wie es ist, ohne Eltern unter solchen Bedingungen aufzuwachsen. Wenn ich ehrlich sein darf, hatte ich immer gehofft, dass Ihr Vater mit Ihrer Mutter an seiner Seite enden würde."

„Das haben sich wohl alle gewünscht", meinte ich mit einem traurigen Lächeln.

„Sie waren so glücklich zusammen." Eigentlich wollte ich nicht über meine Eltern reden. Aber es tat gut, einmal wieder jemanden von ihnen reden zu hören. Einer Person zu lauschen, die sie beide gut gekannt hatte. Ich hatte sie verloren, als ich sechs Jahre alt war. Manchmal erinnerte ich mich nicht einmal mehr daran, wie sie ausgesehen hatten, wie ihre Stimmen geklungen hatten. Ich vermisste sie schrecklich.

Ein Kellner kam vorbei, um Mr. Smiths Bestellung aufzunehmen. Danach ging er wieder.

„Vielen Dank!"

„Wofür bedanken Sie sich?", fragte Mr. Smith verdutzt.

„Dafür, dass Sie hier sind und mir von meinen Eltern erzählen. Sie scheinen sie wirklich gemocht zu haben", erklärte ich ihm.

Er bestätigte meinen Eindruck. Da kam der Kellner, um ihm sein Getränk zu bringen. Als dieser wieder gegangen war, begann der Anwalt meines Vaters: „Soll ich das Testament noch bei mir behalten und wir warten eine Weile, bis Sie sich bereit dazu fühlen, es sich anzusehen?"

„Es ist nur ... Ich weiß, das hört sich jetzt dumm an, aber ... es ist dann so, als wären sie ... wären sie ... ein... ein zweites Mal ...", ich konnte es nicht aussprechen und fühlte, wie sich langsam Tränen anbahnten.

„Ich bin gerade erst mit der Realisierung, dass sie wahrhaftig nicht mehr zurückkommen, fertig geworden. Ich weiß nicht, ob ich noch einmal da durchkomme." Vor allem, da ich damals mentalen Support hatte, setzte ich in Gedanken dazu.

„Verstehe! Das heißt, wir sollten lieber noch etwas warten. Was halten Sie davon? Ob ich jetzt noch zwei Jahre mehr oder weniger auf die Unterlagen aufpasse, ist doch auch schon egal. Ich werde so lange darauf achten, bis Sie sich bereit fühlen die Dokumente anzusehen."

Ich bedankte mich vielmals bei ihm und er meinte nur: „Sie haben meine Nummer. Wenn Sie etwas brauchen, können Sie sich immer melden."

Abermals bedankte ich mich. Nun, da dieses heikle Thema vorerst abgehakt war, redeten wir noch eine Weile über angenehmere Themen.

Er erzählte mir, dass er zwei Kinder hatte, die etwas jünger als ich waren und welchen Mist meine Stiefmutter momentan verzapfte. Ich erzählte ihm im Gegenzug von der Schule, jedoch nur sehr oberflächlich. Es war lustiger, über Kathrin Oblo zu lachen, als über mich zu sprechen.

Ich mochte Reginald Smith gut leiden. Wir verstanden uns blendend.

Bald darauf verabschiedeten wir uns und gingen wieder unserer separaten Wege: er zurück nach London, ich zurück zur Schule.

Ich spazierte mit einem tiefen Gefühl der Erleichterung nach Hause, da ich wusste, dass jemand, dem ich vertraute und dem meine Eltern ebenfalls eine Menge bedeuteten, auf ihren Nachlass aufpasste und ihn um nichts in der Welt in die Hände der falschen Personen fallen lassen würde.

26

Lucifer

Wir kamen komplett übermüdet zuhause an. Es war zirka fünf Uhr morgens, als wir zurück waren.

In letzter Zeit hatten wir alle sehr wenig Schlaf bekommen, da wir uns viele Gedanken über die eindeutigen Verbrechen von Drake gemacht hatten und eine Nervosität wegen des geplanten Einbruchs geherrscht hatte. Wenn wir nicht vor Müdigkeit fast umgekommen wären, hätten wir mit Sicherheit auch diesen Morgen, nach unserem Ausflug zu den Laboratorien der „HPC", kein Auge zugedrückt. So aber fielen wir alle fix und fertig in unsere Betten.

Als ich aufwachte, schien die Sonne bereits hoch am Himmel. Ich blickte auf die Uhr und erkannte, dass es schon nach zehn war. Da Wochenende war, störte mich dies aber nicht sonderlich. Außerdem war ich eher erleichtert, endlich einmal ausschlafen zu können.

Als ich die Küche betrat, war nur eine Person dort, die ebenfalls nach langer Zeit wieder ausgeschlafen wirkte. Tyler saß mit einer Tasse Kaffee bei Tisch. Vor ihm lag eine Zeitung.

Ich begrüßte ihn, holte mir ein Glas Wasser und setzte mich ihm gegenüber. Abgesehen von einem gemurmelten „Guten Morgen" gab es keine Anzeichen dafür, dass er mich wahrnahm. Er starrte stur auf die Zeitung. Auf meine Frage, was los sei, schob er sie mir nur kommentarlos zu. Auf der Titelseite sah man das Logo von „HPC" und daneben ein Bild von Drake. Im Gegensatz zu uns vieren hatte er sich nicht viel Mühe gemacht, seine Identität geheim zu halten. Abgesehen von den fehlenden Flügeln sah er immer noch so wie früher aus.

Ich wand mich dem Artikel zu und da erkannte ich, warum Tyler so angespannt war. In dem Bericht ging es natürlicherweise um gestern Abend. Damit, dass die Vorkommnisse so schnell in den Medien landete, hatten wir zwar nicht gerechnet, allerdings beunruhigte der spätere Teil mich sehr.

In einem Interview erklärte Drake, dass viele Daten verloren gegangen waren, er aber glücklicherweise ein Backup gemacht hatte. Auf die Frage hin, an welchem Ort er nun weitermachen würde, erzählte er von einer vielversprechenden Kooperation. Mir wurde ganz übel bei diesem Teil.

Er wollte tatsächlich an diese Schule kommen? Ich konnte nicht weiterlesen. Das konnte nicht wahr sein.

Ich schloss die Zeitung und legte sie eine Armeslänge von mir entfernt auf den Tisch. Dann sah ich Tyler an. Er schien dasselbe zu denken wie ich.

Genau in diesem Moment kam Aiden in den Raum, dicht gefolgt von meiner Schwester. Auch sie wirkten einigermaßen wach. Ich fühlte mich schlecht, ihnen die Laune vermiesen zu müssen.

Nach den gestrigen Ereignissen waren wir alle etwas entspannter gewesen, auch wenn die Frage, wer noch dort gewesen war, in unseren Köpfen herumgeisterte.

„Warum seht ihr so niedergeschlagen aus?", wollte Lilith wissen. Wie auch bei mir davor, schob Tyler ihnen den Artikel wortlos zu. Aiden nahm ihn an sich und ich beobachtete mit Bedauern, wie sich sein Gesichtsausdruck veränderte. Aus dem Sorglosen wurde Entsetzen. Auch Lilith las mit. Sie wurde ganz bleich.

Als sie mit dem Lesen fertig waren, sahen sie uns schweigend an. Wir alle dachten dasselbe, das konnte ich spüren. Denn wenn Drake wirklich an die Schule käme, wäre niemand von uns mehr sicher.

Am Nachmittag machten wir einen Spaziergang am Schulgelände, um unsere Gedanken freizubekommen. Wir hatten nach kurzer Zeit angefangen, fieberhaft zu brainstormen, was wir aufgrund der Drake-Problematik machen könnten.

Wenn unser Gegner sich nicht extra auf die Kooperation mit unserer Schule fokussieren würde, hätten wir etwas Spielraum. Aber darauf zu hoffen, war sehr naiv. *Wir mussten ihm auf jeden Fall aus dem Weg gehen.*

Nachdem unsere Köpfe beinahe geraucht hatten und es bereits Mittag war, gingen wir in die Cafeteria und aßen eine Kleinigkeit, auch wenn wir nicht wirklich hungrig waren. Anschließend verließen wir das Gebäude.

Auch wenn es kälter geworden war, war der Tag doch sehr schön. Der See hatte angefangen zuzufrieren und die Tiere waren bereits im Winterschlaf. In der letzten Nacht hatte es etwas geschneit und wegen der Temperaturen bedeckte noch eine dünne Schneeschicht den Boden.

Ich atmete die süße Winterluft ein. Es fühlte sich so idyllisch an und half mir, in meinem Inneren zur Ruhe zu kommen. Auch die anderen wirkten um einiges entspannter. Wir hatten alle etwas Auszeit gebraucht.

Plötzlich hörte ich ein Rascheln. Auch meine Freunde bekamen das Geräusch mit. Langsam bewegten wir uns auf die Quelle des Geräusches zu.

Auf dem kleinen Friedhof am Campus war jemand unterwegs. Er wirkte nicht so, als wäre er mit der Gegend vertraut. Lilith schnappte nach Luft, was meine Befürchtungen bestätigte.

Drake ging zielstrebig auf eine der Gruften zu. Nach einem kleinen Blickaustausch folgten wir ihm, nicht ahnend, was uns dort erwarten würde.

27

Alice

Nachdem ich zurück in die Schule gekommen war, hatte ich mich in die Bibliothek zurückgezogen und versucht, etwas zu lesen. Es gelang mir allerdings nicht wirklich. An diesem Tag war so viel bereits passiert und es war noch nicht einmal Mittag. Die gesamten Ereignisse zu verarbeiten, würde noch lange dauern.

Nach einer halben Stunde gab ich es dann auf, ging in mein Zimmer und zog mir etwas Bequemeres an. Außerdem holte ich meine Jacke, bevor ich mich auf den Weg zurück nach unten in die Cafeteria machte.

Nach den letzten Stunden hatte ich einen richtigen Hunger bekommen. Ich belud mein Tablett und ging hinüber zu dem Tisch, der mittlerweile mein Stammtisch war. Abgesehen von mir waren vielleicht zwei Dutzend Schüler hier. Der Rest war übers Wochenende heimgefahren.

„Seltsam", dachte ich. Ich sah Lucas, Tyler, Aiden und Liliane nirgends. Soweit ich mich erinnerte, waren die Vier nicht weggefahren.

Genau in diesem Moment traten sie ein. Sie alle wirkten etwas niedergeschlagen. *Was war los?* Ich hatte das ungründliche Verlangen zu wissen, was sie so bedrückte. Irgendwie war das komisch. Ich hatte nach all der Zeit immer noch nicht ganz verstanden, was es mit ihnen auf sich hatte und warum sie so seltsame Gefühle in mir auslösten.

Sie besorgten sich nur einen Snack und verschwanden dann gleich wieder.

Ich versuchte vergeblich, sie aus meinen Gedanken zu bannen. Ich musste aus diesem Raum hinaus. Deshalb aß ich schnell auf, zog mir die Jacke über und verließ das Gebäude.

Ich war nun einige Stunden unterwegs im Wald, um meinen Kopf freizubekommen.

Ich ging an dem kleinen Teich mit dem Pavillon vorbei. An der schönen Lichtung machte ich eine kleine Pause.

Es war bereits dunkel geworden und ich schlug den Weg zurück zur Schule ein.

Die Blätter raschelten und ich zog meine Jacke fester zu. Es wurde nun schnell kälter und ich eilte über die Spazierwege.

Als ich an der Kapelle vorbeikam, hörte ich ein Geräusch. Ich sah genauer hin und erkannte Lucas, Liliane, Tyler und Aiden. Sie betraten eine der Gruften. Was wollten sie dort? Das kam mir suspekt vor und ich ging dem nach. Die Eiseskälte war völlig vergessen.

Als sie aus meinem Blickwinkel verschwanden, schlich ich zu der Gruft und sah hinein. Niemand war darin.

Ich öffnete die metallene Tür und sah, dass einige Steine locker waren. Ich schob sie beiseite, was seltsamerweise viel einfacher war als gedacht, und fand eine Wendeltreppe. Da ich sehr neugierig war, stieg ich sie hinab.

Unten angekommen, folgte ich dem Gang, der sich vor mir erstreckte. Am Ende war ein Licht.

Ich sah um die Ecke und erschrak.

28

Lucifer

Ich hätte wissen müssen, dass es eine Falle war. Nur jetzt lagen wir allesamt in Ketten. Die Fesseln bannten unsere Kräfte. An den Wänden tanzten Schatten sehnsüchtig nach Blutvergießßen. Sie waren Sklaven der Dämonen und würden absolut alles für ihren Meister tun.

„Lass sie frei!", rief auf einmal eine Stimme. Ich kannte sie. *Das war Alice.*

Mein ganzer Körper versteifte sich bei dem Gedanken, dass sie hier sein könnte. Langsam drehte ich meinen Kopf in die Richtung, aus der ich glaubte, die vertraute Stimme gehört zu haben.

Alice stand am anderen Ende des Raumes. Sie trug einen beigefarbenen Trenchcoat und dunkelbraune Schnürstiefel aus Leder. Die Kapuze hatte sie tief in ihr Gesicht gezogen, den Kopf leicht nach vorne geneigt, wodurch sich einige wenige Haarsträhnen unter der Abdeckung hervorkringelten. Ihre Mundwinkel waren nach unten gezogen. *Was tat sie hier?*

Ich hoffte inständig, dass ich halluzinierte.

„Siehe sich das einer an!", sagte Drake, „Du solltest dir mehr Sorgen um dich selbst, als um deine Freunde machen! Verschwinde lieber! Bevor ich es mir anders überlege Ich glaube die Konsequenzen daraus werden dir nicht gefallen."

Das Blut in meinen Adern gefror. *Sie war hier! Es war keine Halluzination.*

Ich begann innerlich zu beten und ersehnte, dass sie Drakes Aufforderung nachkommen möge. Sie sollte nicht in all das hineingezogen werden. *Es war nicht ihr Kampf. Nicht einmal ihre Welt.*

Jedoch bewegte sie sich leider keinen Millimeter und ich verzweifelte immer mehr. Als sie wieder zu sprechen begann, zerstörte sie mit einem Schlag meine ganze Hoffnung.

„In Ordnung!", begann Alice, „Aber ich nehme meine Mitschüler mit."

Die Schatten lösten sich von den Wänden und glitten auf Alice zu. Meine Panik stieg ins Unermessliche.

„Ach! Armes, ahnungsloses, kleines Mädchen! Das wird leider nicht möglich sein!"

Da sprangen die Schatten auf Alice zu. Sie wich ihnen geschickt aus und schleuderte einige von ihnen herum.

Dass sie die Schatten berühren konnte, war wunderlich. Immerhin müsste sie irgendwelche für Menschen übernatürlichen Fähigkeiten besitzen, um mit dieser Art von Wesen willentlich Interagieren zu können. Schatten konnten nur dann berührt werden, wenn sie das wollten, ihr Meister sie dazu zwang oder jemand mit einer beachtlichen Menge an göttlicher oder dämonischer Energie sie berühren wollte.

Nach etwa eineinhalb Minuten war keiner der mindestens ein Dutzend Gegner mehr zu sehen und sie beobachtete wieder Drake. Sie stand immer noch am selben Ort wie zuvor, als wäre nichts passiert.

Ich hatte ihren Bewegungen beinahe nicht folgen können. Sie war sehr schnell.

Lilith und die anderen beiden gafften Alice an. Sie hatten wohl auch nicht hinterher kommen können.

„Du kannst kein Mensch sein!", stieß Drake wutentbrannt aus.

„Das habe ich auch nie behauptet!", meinte Alice unbeeindruckt von seiner Reaktion.

„Ein Engel bist du aber auch nicht! Deine Energie ist dafür nicht rein genug. Was um alles in der Welt bist du?", sprach Drake meinen Gedanken aus, was mir gar nicht gefiel.

„Wie ich sehe, erinnern Sie sich nicht mehr an mich, Doktor! Ich helfe Ihnen einmal auf die Sprünge. Mein Name lautet Alice MacJextey-Nex."

Drake erstarrte. Ich ebenfalls. *Sie war eine Nex?* Das hieße, dass sie mit Amelia verwandt wäre.

„Das- Das ist unmöglich. Omikron wurde zerstört. Das Labor mitsamt allen Mitarbeitern und dem Projekt selbst! Das kann nicht sein!"

Omikron?

Ich sah zu Alice. Sie hatte plötzlich eine Flamme in der Hand. Alle abgesehen von Alice erschraken.

„Sind sie sich da sicher?", erkundigte sich Alice. „Ich fühle mich auf jeden Fall sehr lebendig und Sie wie ich sehe auch. Ich hatte gehofft, ich hätte Sie beseitigt. Da haben wir uns wohl beide geirrt."

„Du warst es! DU HAST DAS FEUER GELEGT UND ALL MEINE FORSCHUNG ZU NICHTE GEMACHT!!! Aber das ist unmöglich! Du solltest dazu nicht in der Lage sein!" Drake wirkte ehrlich geschockt und da ging es nicht nur ihm so. *Was war Alice?*

„War wohl etwas zu viel Feuerdämonenblut. Was?"

Er starrte sie mit großen Augen an.

Wovon redeten die beiden? Sie schienen sich zu kennen. Irgendetwas Merkwürdiges ging hier vor. Sie wusste von unserer Existenz.

Ein Gedanke schlich sich in mein Bewusstsein.

Die Flamme war wieder erloschen.

Alice und Drake sahen sich gegenseitig feindselig an.

„Wenn du Omikron bist... Wissen sie eigentlich, dass du eine Zeitbombe bist? Du könntest jederzeit in die Luft gehen, im Ausmaß einer Atomexplosion!"

„Tja! Ihren Statistiken nach, hätte ich mich aber schon vor sieben Jahren sprengen sollen."

Da schien Drake etwas einzufallen.

„Moment! Wenn du das Feuer gelegt hast ... dann ...", seine Augen wurden groß und er lachte dunkel auf. Es war ein verrücktes Lachen.

Mir gefiel das überhaupt nicht.

„Dann hast du deine eigenen Eltern ermordet!", stieß er aus, „Ich kann es nicht fassen."

Plötzlich schoss Alice auf ihn zu und warf ihn hart gegen die Wand, wo sie ihn fixierte.

„Sie waren schuld an dem, was mir angetan worden ist", stieß sie hervor, „Wenn sie nicht gewesen wären, wären meine Eltern noch am Leben! Als ich vor einem Monat erfahren hatte, sie wären zurück, war ich geschockt. Immerhin hätten Sie im Feuer sterben sollen. Dass Sie ein gefallener Engel sind, ist ein unglücklicher Zufall. Deswegen konnten Sie das Unheil überleben. Aber im Nachhinein macht es auch Sinn. Auf jeden Fall habe ich mir geschworen Sie zu vernichten und zu verhindern, dass Sie ihre widerlichen Experimente weiteren unschuldigen Kindern antun. Sie zerstören damit ihre ganze Existenz und ihr Überleben ist Ihnen ebenfalls egal. Wenn eine Ihrer Versuchsobjekte stirbt, können Sie sich doch einfach ein neues holen."

Er begann wieder zu lachen: „Aber wie willst du das tun? Wie du richtig gesagt hast, bin ich ein gefallener Engel. Ein Unsterblicher. Also, wie, im Namen meines Herren, willst du mich vernichten?"

Alice trat einen Schritt zurück.

Sie hob eine Hand und zeichnete einen Kreis seitlich von sich in die Luft. Dort öffnete sich eine Art Portal. Es schimmerte bläulich mit einem violetten und goldenen Stich. Sie griff hinein und als sie ihre Hand wieder herauszog, hielt sie eine golden schimmernde Klinge in der Hand. Der Schaft war mitternachtsblau und filigran verziert, mit mir unbekannten Ornamenten. Daran war eine geschwungene Halterung, in der eine goldene Kristallkugel eingelassen war.

Von Drake kam ein erstickter Laut. „Das ist völlig unmöglich!", stieß er aus, „Seelenschneider gibt es seit geraumer Zeit nicht mehr."

„Und doch habe ich hier einen."

Ein Seelenschneider? Das war die einzige Waffe, die Engel töten konnten. Nur nicht göttlichen Wesen war es möglich, sie zu verwenden. Sie galten aber als verschollen.

Um die beiden Rivalen baute sich ein extrem starkes magisches Feld auf. Alice' Umhang wehte, obwohl hier unten kein

Luftzug herrschte. Ihre Kapuze blähte sich. Sah ich da etwa einen Wolfsschwanz unter ihrem Umhang?

So schnell, dass ich den Bewegungen nicht folgen konnte, schlitzte sie Drake in der Luft auf und landete kurz darauf.

Von Drake war kaum mehr etwas übrig und der Rest verwandelte sich in Staub.

Es war so schnell gegangen, dass Drake nicht einmal ein letztes Wort hatte sagen können.

Die Klinge in Alice' Hand leuchtete unnatürlich, wie das Portal zuvor. Nur hatte dieses Leuchten einen roten Stich.

Alice richtete sich wieder auf und die Klinge verschwand aus ihrer Hand. Sie drehte sich um und kam auf uns zu. Sie kniete sich vor Lilith und berührte kurz die Fesseln, welche sofort zersprang. Das wiederholte sie dann bei Tyler, Aiden und zum Schluss bei mir.

Sobald sie die letzten Ketten zerstört hatte, entfernte sie sich rasch einige Schritte von uns.

Lilith bedankte sich. Sie war etwas perplex, wie wir alle. Alice zog ihre Kapuze tiefer und nickte leicht. Danach wand sie sich zum Gehen.

„Warte!", rief ihr meine Schwester hinterher. Sie blieb stehen. „Warum hast du uns geholfen? Du hast doch wahrscheinlich erahnt, was wir sind. Hattest du denn keine Angst, wir würden dir etwas antun?"

„Ich konnte nicht zulassen, dass noch jemandem etwas seinetwegen passiert", erläuterte sie, „Selbst, wenn ich nicht gewollt hätte, hätte ich euch geholfen. Ihr habt mich an einen alten Freund erinnert. Er war auch ein gefallener Engel gewesen. Und zu der Angst vor übernatürlichen Personen..." Sie drehte sich um. Ihre Augen leuchteten violett.

„Wie euch sicher aufgefallen ist, bin ich auch nicht vollkommen menschlich."

Was? Ist sie etwa wirklich...? Nein, das wäre zu viel Glück. Das konnte nicht sein.

Das Leuchten nahm ab und verschwand.

„Ach! Noch etwas", fiel Lilith ein, „Könntest du das für dich behalten? Es wür..."

„...Würde die Schüler verschrecken und dann würde eine Massenpanik ausbrechen. Ich weiß! Niemand wird von eurer Existenz erfahren. Abgesehen davon, dass mir sowieso niemand glauben würde, würde ich das nie tun. Von mir darf auch niemand erfahren. Wenn herauskommt, wer oder was ich bin; kaum vorstellbar. Bitte erzählt Amelia nichts davon! Ich meine, es ist so schon schwierig mit ihr, aber dennoch."

„Warum sollten wir?", fragte Aiden. „Sie ist supernervig! Von uns erfährt sie nichts", pflichtete Tyler bei.

Alice bedankte sich.

Da hatte Lilith eine Idee: „Wie wäre es, wenn du mit uns mitkommst? Ich hätte sowieso noch die eine oder andere Frage und ich würde mich freuen. Ich bin sicher, die Jungs haben nichts dagegen."

„Ohh! Ich will nicht stören."

„Bitte!", flehte meine Schwester.

Schließlich willigte Alice ein.

29

Alice

Ihre WG war größer, als ich erwartet hatte. Klar, wir waren jetzt einige Zeit befreundet gewesen, aber ich war noch nie bei ihnen gewesen.

Sie hatte ein geräumiges Foyer, welches in einer Treppe endete. Es war sehr sauber. Ich war mir nicht sicher, ob ich überhaupt ein Staubfünkchen sah. Allerdings wirkte es trotzdem nicht steril. Es war sehr freundlich und heimelig. Ich fühlte mich irgendwie richtig wohl dort.

Wir gingen in das Wohnzimmer, welches rechts neben dem Eingang lag. Ich setzte mich in einen der Couchsessel. Liliane und Tyler nahmen auf dem Sofa platz, Aiden holte etwas aus der Küche zu trinken und Lucas blieb stehen.

Ich hatte die Kapuze zurückgeschlagen und beobachtete meine Zeitgenossen.

Nach einiger Zeit wand ich mich an Liliane: „Du hast Fragen?"

„Ahm... ja!", stotterte sie. Warum, wusste ich nicht. Entweder war sie nervös oder hatte Angst. Beides war für mich unverständlich. Immerhin waren sie vier Engel, die, ihrer Aura nach, nicht allzu schwach sein durften. Wenn sie nicht in diesen Bannfesseln gelegen hätten, hätte einer von ihnen dem Doktor mit Leichtigkeit den Garaus gemacht.

„Du bist ein gebürtiger Mensch, nicht wahr?", wollte Liliane wissen, was ich bestätigte. „Wie kannst du dann so viel über uns Engel wissen?"

„Ich- Ich hatte einst einen Freund, der ein gefallener Engel war. Sagte ich doch bereits", erzählte ich widerwillig. Im Augenwinkel bemerkte ich, wie sich Lucas leicht anspannte. Keine Ahnung, warum mir dieses Detail jetzt schon wieder auffiel.

„Du kanntest einst einen von uns?", fragte sie noch einmal nach. Ich nickte zustimmend.

„Das ist seltsam. Wir Engel leben eigentlich im Verborgenen und dürfen auch nicht einfach auf die Erde kommen. Nur unter besonderen Umständen!", merkte Tyler an.

Ich zuckte mit den Achseln.

„Was macht ihr dann hier?", interessierte mich.

„Wir hatten ein paar Probleme. Sagen wir es so,", meinte Liliane abwimmelnd. Sie wollten eindeutig nicht darüber sprechen.

Aiden kam wieder aus der Küche zurück und stellte ein Tablett mit Getränken ab. Danach holte er sich einen Stuhl aus der Ecke und setzte sich zu uns.

Zu dem Zeitpunkt hatte ich die uneingeschränkte Aufmerksamkeit aller vier.

Ich zog eine Augenbraue hoch. Hat sie das jetzt so aus dem Konzept gebracht, dass sie vergessen hatte, was sie fragen wollte?

Da schaltete sich Lucas zum ersten Mal an dem Tag ein: „Wie hast du herausgefunden, was wir sind?"

„Ich hatte das eine oder andere Dämonenproblem in den letzten Jahren und während der Zeit mit meinem Freund habe ich die Fähigkeit erlangt, die Aura eines göttlichen Geschöpfes wahrzunehmen."

Wieder Stille. Die anderen scheinen die Informationen sickern zu lassen.

„Dich verteidigen kannst du ja, wie wir gesehen haben", warf Tyler ein.

Die anderen starrten ihn an. Vermutlich, weil er genau das angesprochen hatte, was eigentlich das Thema war. Mein Seelenschneider.

Jeder wusste, dass Seelenschmiede schon seit Urzeiten ausgestorben waren. Diese Menschen hatten eine unergründliche Affinität zu der göttlichen Welt gehabt. Zu der Zeit als diese seltene Form der Schmiedekunst noch angewandt worden war, hatte der Mensch als das neutrale Wesen zwischen Himmel und Hölle gegolten. Der Grund, warum der Himmel die Menschen damals unterwürfig machen konnte, war das Aussterben der Seelenschmiede.

Lilith sah mich an, wie um mich um Erlaubnis zu bitten, das Thema zu vertiefen. Egal was sie gesehen hatte, es musste sie beruhigt und ermutigt haben, denn sie sagte: „Wenn du nichts dagegen hast, würde ich dir gerne eine Frage stellen."

„Dafür bin ich doch hier. Du hast mich doch mit der Absicht eingeladen, mich zu löchern, also schieß los!", antwortete ich nur.

„Bist du eine… Nun ja…?" Sie schien es nicht aussprechen zu wollen.

„…eine Seelenschmiedin!", half Aiden ihr aus.

Ich nickte. Lilith keuchte und die anderen schienen nun mehr auf der Hut zu sein.

„Du wirst uns aber nicht…", wollte Aiden gleich klarstellen.

„Natürlich nicht!", echauffierte ich mich augenblicklich, „Warum hätte ich euch dann vorhin geholfen? Außerdem hatte ich doch einen Freund, der ein Engel gewesen war. Diese Geschichten, über die Rache des Schmiedes mit einem unvorstellbaren Goll gegen den Himmel, der nach Jahrhunderten plötzlich kommt, um die Ordnung wieder herzustellen, sind nur Legenden. Halbwahrheiten, die sich irgendjemand ausgedacht hat."

Jeder in der göttlichen Welt kannte die Prophezeiung, welche vor Urzeiten dem Oberhaupt der Engel überbracht worden war, als er die Niederstreckung der Seelenschmiede angeordnet hatte und damit jeden und jede ihrer Art auslöschte. Es hieß, die gefallene Rasse würde eines Tages zurückkehren. Sie werde noch viel gefährlicher sein und ihre Vorfahren rächen.

Natürlich hat es den Herrn damals herzlich wenig interessiert und er hat die Seherin, welche die Prophezeiung ausgesprochen hatte, ausgelacht und hinrichten lassen; so wie sie damals all ihre Probleme gelöst hatten.

Die Vier entspannten sich sichtlich, als ich ihnen zusicherte, nichts dergleichen zu tun, was uns zu einem weiteren heiklen Problem führte, da niemand das Thema weiter vertiefen wollte.

„Woher kanntest du Drake?", fragte Lucas nach kurzem Zögern.

Ich seufzte und berichtete: „Im Grunde war er der Kopf der Organisation, die mich zu dem werden ließ, was ich jetzt bin."

„Das, was du jetzt bist?", erkundigte sich Aiden.

„Das Wesen, welches ihn vorhin erledigt hatte."

„Er nannte dich Omikron…", erinnerte sich Tyler.

„Meine Bezeichnung. Es gab noch vierzehn andere Versuche vor mir, aber alle gingen schief und eigentlich galt ich auch als Reinfall."

„Ich erinnere mich", sagte Aiden, „Stimmt es, dass du explodieren könntest?"

„Nicht ohne Zutun. Ich bin stabil, aber theoretisch könnte ich mich in die Luft jagen, ja."

Alle starrten mich an.

„Du hast es nicht vor, oder?", fragte Liliane vorsichtig.

„Ich bin mir nicht sicher. Es gab jedenfalls eine Zeit, in der ich darüber nachdachte." Das war die schlimmste Zeit meines Lebens.

„Was?", fragten alle, abgesehen von Lucas, einstimmig. Sie sahen so aus, als wäre ich verrückt, aber womöglich war ich das auch. Ich zuckte nur mit den Schultern.

30

Lucifer

Das versetzte mir einen Schock. *Sie dachte wirklich daran, sich zu vernichten?* Und sie sagte es so gleichgültig, als würde sie über das Wetter reden. Mit diesem Mädchen war etwas definitiv nicht in Ordnung.

„Wie kann das sein?", informierte sich Lilith. „So schlimm kann deine Kindheit nicht gewesen sein, oder?"

Die Gleichgültigkeit und das höfliche Lächeln waren augenblicklich aus ihrem Gesicht gewichen. Abgesehen von ihrem Wutanfall beim Kampf und dem Ausbruch bei der „HPC"-Präsentation war das die einzige, richtig emotionale Regung, die ich je an ihr wahrgenommen hatte.

Die Gleichgültigkeit wich allerdings einer eisigen Kälte. Alice fixierte meine Schwester. In ihren Augen spiegelten sich Tonnen von Gefühlen. Angst, Wut, Verletztheit, Verachtung, Panik, Isolation, Einsamkeit, Verlust, Schmerz und vieles mehr, aber nur für den Bruchteil einer Sekunde, dann waren sie wieder verschwunden.

„Du hast keine Ahnung von meiner Kindheit. Urteile nicht über etwas, was du nicht weißt!", wies Alice sie an. Dann stand sie auf und verließ den Raum.

In der Tür meinte sie noch: „Vielen Dank für eure Gastfreundschaft."

Kurze Zeit später hörte man die Haustür ins Schloss fallen.

Alle sahen Lilith an. Sie wirkte beschämt.

„Wieso musst du immer so erbarmungslos deine Meinung sagen?", fuhr Tyler sie an.

Lilith entschuldigte sich.

„Sag das nicht mir!", regte sich Tyler darauf auf, „Entschuldige dich lieber bei ihr. Irgendwie musst du das wieder geradebiegen."

Ich hörte ihnen nur halb zu. Meine Gedanken kreisten um Alice. Sie wollte mir einfach nicht aus dem Kopf gehen. Jedes ihrer Worte war in meinem Kopf abgespeichert. Ich war wie besessen von ihr.

In dem Moment legte sich der entscheidende Schalter um und ich realisierte endlich, was ich die ganze Zeit nicht gesehen hatte.

Ich lief aus dem Haus, ohne auf die Rufe meiner Freunde zu achten.

31

Alice

Ich war wieder in den Wald gegangen. Ich musste den Kopf frei bekommen.

Der Mond schien durch das lichte Blätterdach und mir liefen die Tränen über die Wangen. Allerdings nahm ich sie nur rational wahr. In mir war eine Leere; da waren keine Gefühle. Aber das war ich ja bereits gewöhnt.

Den Dämon, der mir folgte, bemerkte ich erst, als er auf mich zu sprang.

Ich hatte keine Zeit, auszuweichen, als sich plötzlich jemand zwischen uns stellte und die Kreatur zur Seite gegen einen der Bäume schleuderte.

Ich beobachtete den Aufprall und erkannte, dass das Wesen, das mich verfolgt hatte, ein Dämon war. Das bedeutete…

Ungläubig sah ich zu meinem Retter auf. Er hatte sich leicht vor mich gestellt, um mich von dem Ungetüm abzuschirmen.

Was? Meine Augen weiteten sich und mein Mund stand leicht offen. Das war unmöglich.

„Lucifer?", flüsterte ich geschockt. Ich wusste zwar, dass es ein Engel gewesen sein musste, hatte allerdings nicht mit ihm gerechnet.

Sein schneeweißes Haar hing ihm, wie damals, leicht ins Gesicht. Natürlich war er gewachsen, allerdings hatte ich nicht damit gerechnet, dass er so viel größer werden würde. Er war mehr als einen Kopf größer als ich. *Aber das Ganze ist relativ*, schoss es mir durch den Kopf. Luc kann sein Aussehen verändern und unsere vorherigen Treffen waren alle in den Untiefen meiner Träume. Allerdings hatte ich nie daran gezweifelt, dass er wirklich existierte.

In diesem Moment kam der Dämon wieder zu Sinnen und schoss einen Schwall Feuer nach uns. Ich blockte ihn automatisch. Ein undefinierbares, lautes Geräusch kam von der Kreatur. Sie hatte nicht damit gerechnet. Lucifer attackierte sie, während sie abgelenkt war. Ein Schnitt seiner Klinge aus strahlendem Licht reichte und sie löste sich in Staub auf.

Danach drehte er sich zu mir und sah in meine Augen.

Ich konnte nicht anders als zurückzustarren, einerseits, weil ich immer noch nicht realisieren konnte, dass er wirklich vor mir stand, andererseits, weil ich mich in seinen weinroten Augen verlor.

So verweilten wir einige Momente.

Als ich meine Stimme wiedergefunden hatte, fragte ich: „Lucifer? Bist das wirklich du?" Es war nur ein Flüstern, aber er verstand jedes einzelne Wort, als hätte ich sie gerufen.

Er nickte leicht.

Ich trat einen Schritt auf ihn zu und konnte noch immer nicht vollkommen erfassen, das er wirklich hier war.

Vorsichtig ließ ich meine menschliche Hülle fallen und verwandelte mich in meine wahre Gestalt.

Ich sah in seine Augen und erkannte Erleichterung und... Liebe. Eine unglaublich starke, vollkommene und pure Liebe.

Sie überwältigte mich, wie damals, als ich sie zum ersten Mal gesehen hatte. Ich vermag nicht zu fassen, dass eine Person eine solch kraftvolle Zuneigung zu einer anderen empfinden konnte. Ich liebte ihn auch, aber seine Liebe war unvorstellbar gigantisch.

Da überwanden wir die letzten Meter, die uns voneinander trennten und fielen einander in die Arme. Wir hielten uns fest, als wären wir Ertrinkende.

Er murmelte in mein Ohr: „Ich kann nicht glauben, dass ich dich tatsächlich gefunden habe."

„Ich auch nicht", stimmte ich ihm zu. Wenn dies ein Traum war, wollte ich nie wieder aufwachen. Das war sicher.

Ich löste mich etwas von Lucifer und brachte so viel Abstand zwischen uns, dass ich ihn ansehen konnte.

„Das hier ist real, richtig?" Ich wollte die Bestätigung haben, dass ich nicht gleich aufwachte und es nur ein schöner Traum war.

Luc lachte auf. Es fühlte sich so unfassbar gut an ihn Lachen zu hören.

„Ja! Das hier ist real", bestätigte er.

„Bist du dir sicher? Du weißt, ich habe sehr lebhafte Träume!" Er lachte abermals auf. „Ja! Ich bin mir sicher."

Dann fanden seine Lippen meine.

In mir explodierten die Empfindungen. Gefühle, die unterdrückt oder gedämpft gewesen waren, kamen wieder hoch.

Ich versank tief in den Kuss. Meine Beine verwandelten sich in Gummi.

Aber das war kein Problem. Er hielt mich fest und stützte mich.

Nach einer gefühlten Ewigkeit, dennoch viel zu schnell, lösten sich unsere Münder voneinander.

„Wie? Was? Wann?" Ich wusste nicht, wo ich anfangen sollte, und er lachte nur. Ich sah ihn tadelnd an. Dann entfernte er sich ein kleines Stück von mir. Ich wollte schon Protest einlegen, als er sich verwandelte und nun Lucas vor mir stand.

Meine Augen wurden für einen Moment sicher tellergroß. Dann rief ich: „Ich wusste es!"

Er sah mich verwirrt an, als er sich wieder zurückverwandelte.

„Ich wusste, dass du nicht irgendjemand sein konntest. Niemand schafft es, meine Gefühle einfach so durcheinanderzubringen", erklärte ich.

Er verschränkte die Arme vor der Brust. „Das heißt also, dass du dich wieder verliebt hast, ohne zu wissen, dass ich es bin?" Er sah mich, gespielt, beleidigt an.

„Ich habe mich nicht verliebt. Meine Gefühle waren nur verwirrt, weil sie wussten, dass du es warst, aber es so lange her war und sie sich nicht hundertprozentig sicher waren", stellte ich, mit übertriebener Gestik, klar.

„Aber wie um alles in der Welt wusstest du, dass ich es bin?", fragte ich nun begierig, „Du konntest es doch nicht von Anfang an erahnt haben. Das glaube ich dir nicht. Ich habe dich beobachtet."

„Du bist so unverschämt wie meine Schwester, aber du hast recht. Ich habe es erst realisiert, nachdem du uns vorhin verlassen hattest."

„Waren deine Gefühle die ganze Zeit komplett unberührt? Ich meine, nach unserem ersten Zusammentreffen." Nachdem ich eine Achterbahnfahrt der Emotionen hinter mir hatte, ohne ihn erkannt zu haben, konnte er doch nicht keine emotionale Regung gespürt haben, oder?

„Ehrlich gesagt: Nein! Glaub mir! Ich bin sicher nächtelang wach gelegen, um zu kapieren, was eigentlich los ist."

„So wie du mich die letzten Tage gesehen hast, sah ich eigentlich aus", erklärte ich Luc, „Ich meine, bevor ich zu dem...", ich wies auf meine Wolfsmerkmale und mein pastellblaues Haar, „wurde."

Er kam zu mir und nahm mich in den Arm. „Du bist wunderschön. Auf beide Arten", versicherte er mir. Anscheinend hatte ich nicht so sorglos gewirkt, wie ich gehofft hatte.

„Danke!", flüsterte ich an seine Brust und sog seinen Duft ein. Wie sehr ich ihn vermisst hatte!

„Lass uns zurückgehen!", schlug Luc vor, „Lilith hat es nicht so gemeint."

„Lilith?" Ich sah in fragend an. Da schoss es mir. „Oh du meinst Liliane. Macht Sinn!"

Ich nickte und wir gingen zurück zum Wohnheim.

Epilog

Alice

Ich weiß nicht, wer von beiden mehr durcheinander wahr, als wir in Lucs Unterkunft ankamen; Lilith oder Tyler. Aiden hingegen lehnte an der gegenüberliegenden Wand und lächelte uns zu. Er hatte wohl auch von mir gewusst.

Der Fernseher lief leise im Hintergrund, aber sonst hatte sich nichts geändert. Lilith und Tyler waren in dem Moment von der Couch aufgesprungen, in dem Luc und ich angekommen waren.

Ich wusste nicht, wie lange wir schon so dastanden. Nach einiger Zeit wurde mir die Stille aber etwas unangenehm und ich begrüßte sie mit einem „Hey".

Tyler war der Erste, der sich fing. Er grüßte mich zurück und bat uns herein. Lilith stand, immer noch offenen Mundes, neben der Tür.

Als wir den Raum betraten, kam auch Aiden zu uns.

„Du bist also die ‚Ally'! Freut mich sehr, dich kennen zu lernen!" Er hielt mir die Hand hin und ich nahm sie lächelnd an. „Ganz meinerseits."

„Wovon redet ihr? Aiden, was passiert hier gerade?" Lilith hatte ihre Stimme wieder gefunden und glücklicherweise auch den Mund geschlossen. Ich sah sie an, ging zu ihr hin und hielt ihr nun meinerseits die Hand hin: „Hallo, Lilith! Ich bin Ally. Eine Freundin deines Bruders." Während ich sprach, legte ich meine menschliche Hülle ab und tauchte in meine Wolfsform. Ich dachte mir, wahrscheinlich würde es einfacher werden, wenn sie gleich wüssten, was ich war. Was ich in dem Moment allerdings nicht bedacht hatte, war Liliths Reaktion.

Oh, Mann!, schoss es mir durch den Kopf. Sie stand mit offenen Mund vor mir. Langsam hob ich die Hand und fuchtelte ein wenig vor ihren Augen.

Luc, Aiden und Tyler kamen zu uns. Aiden stellte sich hinter Lilith, flüsterte kurz etwas in ihr Ohr und keine Sekunde später war sie wieder vollkommen da. Benommen schüttelte sie ihren Kopf.

„Sorry!", stammelte sie. Ich winkte ab. Die Jungs hatten bereits ihr menschliches Erscheinungsbild abgelegt und nun folgte auch Lilith meinem Beispiel.

Violettes Haar, das in ein Pink überging, fiel ihr über die Schultern. Sie hatte helle, zarte Haut und dunkle lange Wimpern. Sie war, wie die anderen, atemberaubend schön. Ich hatte Mühe, sie nicht anzustarren.

Lucifer war neben mich getreten und hatte einen seiner Arme um mich gelegt. Lilith entschuldigte sich abermals und schien dann erst zu realisieren, was ich gesagt hatte. „Du meinst von früher?", fragte sie.

Ich nickte leicht. Sie sah ihren Bruder an. „Ist sie die Person aus... der Zeit?"

Luc bejahte ihre Frage, was sie nur dazu brachte, mich wieder anzustarren, diesmal aber mit geschlossenem Mund. Ich seufzte.

„Tut... tut mir leid", meinte Lilith verlegen, „Ich hatte nur nicht erwartet, dich kennenzulernen. Ich meine, die Person, die meinen Bruder und sein Leben so dermaßen verändert hat."

Augenblicklich wurde ich leicht reumütig. Ich hoffte sehr, dass diese Veränderungen nicht negativ gewesen waren.

Sie schien meine Gedanken erraten zu haben, denn sie stellte sofort klar, wie glücklich sie über meinen Beitrag in Lucs Leben war.

„Ich habe ihn nie so lebendig erlebt, wie in der Zeit, als ihr euch getroffen habt und er war nie zerstörter nachdem ihr euch trennen musstet."

Ich sah zu Luc hinauf und erkannte, dass er rot angelaufen war. „Keine Sorge, bei mir war das nicht anders", flüsterte ich ihm zu.

Er sah mir in die Augen, mit solch einer warmen Tiefe, dass ich darin versinken hätte können. Doch Tyler störte den Moment.

„Hey! Das solltet ihr euch lieber ansehen!" Er wies auf den Fernseher. Gerade liefen die Nachrichten. Eine Eilmeldung war eingetroffen.

„…die Explosion war gut fünfundzwanzig Meter groß und riss alles in ihrer Umgebung mit sich. Fünf Personen wurden während des Massakers verletzt. Bis jetzt gibt es noch keine Todesfälle, allerdings wird ein Kind vermisst. Die Polizei ermittelt …"

Sie zeigten Bilder des Unglücksortes. Ganze Häuser lagen zerstört dar. Vegetation gab es überhaupt keine mehr. Alles war braun und verbrannt.

Wir sahen mit Entsetzen die Aufnahmen und konnten es nicht fassen. Dann zeigten sie noch ein Bild des vermissten Mädchens. Ich hielt den Atem an.

Ich kannte das Kind.

Die Autorin

Lorelai SeltCor ist gebürtige Wienerin. Ihre Eltern brachten ihr bereits im Alter von drei Jahren die Welt der Musik und Kultur näher. Im Laufe der Zeit bereiteten ihr der Besuch der Tanzschule und das Erlernen der Klarinette große Freude.

Sie verbringt ihre Freizeit mit Lesen und Zeichnen, mag aber auch Facepainting und Tanzen sehr gerne. Ihr Interesse an umfangreicheren Fantasy-Romanen erwachte bereits im Alter von zehn Jahren und ließ sie seither nicht mehr los. Zur Zeit der Pandemie begann sie in ihrem dreizehnten Lebensjahr, ihre phantasiereichen Ideen erstmals zu verschriftlichen.

novum VERLAG FÜR NEUAUTOREN

Der Verlag

„Wer aufhört
besser zu werden,
hat aufgehört
gut zu sein!

Basierend auf diesem Motto ist es dem novum Verlag
ein Anliegen, neue Manuskripte aufzuspüren, zu ver-
öffentlichen und deren Autoren langfristig zu fördern.
Mittlerweile gilt der 1997 gegründete und mehrfach
prämierte Verlag als Spezialist für Neuautoren in
Deutschland, Österreich und der Schweiz.

**Für jedes neue Manuskript wird innerhalb we-
niger Wochen eine kostenfreie, unverbindliche
Lektorats-Prüfung erstellt.**

Weitere Informationen zum Verlag und
seinen Büchern finden Sie im Internet unter:

www.novumverlag.com